# 比嘉正子　ＧＨＱに勝った愛

## 子どもたちの明日のために闘い抜いた人

井上　昌子

## はじめに

比嘉正子は、生活者、という言葉をよく口にしていました。大人も子どもも消費者も生産者も皆、生活者。そこに境界線を設けることはありませんでした。そして立場の違う生活者たちが力を合わせて、子どもたちの生命、子どもたちの将来を守ることを夢見ていました。

私が比嘉正子と出会ったのは一九六三(昭和三十八)年、正子が経営する都島病院の仕事をしにいらっしゃいと呼ばれての縁でした。都島病院は正子が経営する都島児童館の子どもたちのために開設した医療施設でした(正子が都島病院を開いた一九五一年当時は近くに保健所も医院も少なく、預かっている子どもたちにいつでも適切な医療を行えるようにと作りました)。そして都島病院は地域医療、産婦人科、さらに低所得者の医療施設としての役割も果たしていました。

私はその病院の仕事を通じて、地域の人たちと生活を共にしながら信頼関係を築いていくこと、社会の中で弱い立場にある人たちに寄り添うこと、定住する家を持たない人たちの医療に必要なサポートを学ぶ中で社会の営みを、実感を持って覚えていきました。そして、結婚、出産を機に、正子が推進する保育を軸とした地域社会づくりの仕事に従事することになりました。社会事業の仕事を覚えると同時に、正子が会長を務める関西主婦連合会の婦人運動、消費者運動の手伝いをするようにもなりました。

岡山から単身大阪に出てきた私は、大阪に慣れるまでの最初の数か月間を正子の自宅で過ごし、社会人として歩き始める時期を比嘉夫妻に育てられました。その縁もあって、私自身が親の年齢になってからも、よく褒められよくしかられ、生涯、薫陶を受け続けました。ですから今も、正子の声と口調で頭の中で聞こえてくる言葉がいくつもあります。その筆頭が、「賢いお母さん、賢い女性になる」という言葉です。子育てには食（栄養と満足感）や保健衛生など発育のお世話についてだけでなく、その子の将来に関わる社会についての知識や理解が必要だと言ったものです。「子どもたちが生きていく日本社会をより良いものにするためには、お母さんは賢くならなくてはならない」と言いました。

この考えは、正子の婦人運動、消費者運動の根底にもなっています。台所を預かり、家庭を守るリーダーである主婦は賢くならなくてはならない。家庭を守るためには社会という大きな環境について理解し、必要であれば改善するための行動を起こさなくてはならないという考えです。そしてそれを実践したのが、戦後間もなく、子どもたちを飢え死にさせないために「米よこせ」と立ち上がった運動であり、関西主婦連合会という関西の婦人たちが一つになった組織での消費者運動でした。

賢いお母さん、賢い主婦になることを重要にしていた正子は、関西主婦連合会で『主婦の商品学校』という催しを毎年開催していました。巻末の資料編に掲載しているテーマ一覧をご覧いただくと、社会の動きを半歩先取りして賢くなろうという試みが伝わってきます。私が正子と出会った翌年、一九六四（昭和三十九）年のテーマが『消費者運動二十年記念展』でした。ちょうど一度目の東京オリンピック開催の年で、正子が「戦後デモクラシーが一般に浸透した」と感じた時期に、主婦たちによる自主的な、ＧＨＱによって吹き始めた民主精神を追い風に始めた消費者運動が二十周年という節目を迎えたわけです。

私が深く関わった正子の仕事は社会事業の分野でしたが、「社会事業と消費者運動は一本の根から育った二本の幹」と考える彼女によって、消費者運動の分野に関わることもありました。そして二本の幹に共通する正子の実践主義を目の当たりにしてきました。知名な婦人運動家たちの中で、比嘉正子が『日本の消費者運動の生みの親』と呼ばれる所以《ゆえん》は、この実践主義にあるのだと私は考えます。理念は行動のためにある、実践あってこその理念―正子の運動はまさしく自分のその考えを実践し続けるものでした。

その実践主義は、対話という形でも実行されました。敗戦間もない日本でＧＨＱの偉い人に会いに行ったように、日本の政財界の要人にも、直接会って話すことによって問題の解決を図る人でした。「たいていの人は、社会を良くしようと考えて、それぞれの仕事をしている。だから会って話をして現実的な解決策を見つけていけばいい。問題は人にあるんじゃなくて事柄にあるんだ。立場は違えど、その事柄について一緒に考えればいいんだよ」と、生活者を守るという大きな目的に向けて大同団結の道を選ぶ人でした。

今、日本は明るい将来のために解決していく問題を山ほど抱えています。

「子どもは国の宝だよ。子どもたちを守ることは国の未来を守ることだよ」と口癖のように言い、立場の違う生活者たちが力を合わせて、子どもたちの生命、子どもたちの将来を守ることを夢見て走り続けた比嘉正子の実践の軌跡が、これからの日本、子どもたちに遺《のこ》す社会づくりに役立つことを願います。

二〇二四年二月吉日

社会福祉法人　都島友の会　第三代理事長　渡久地歌子

目次

イラストカット　杉原優子（都島友の会）
広沢　萌（都島友の会）

# 序

我が国は現在、子どもに対する生活の格差、貧困、社会の分断、生活者を翻弄する情報の氾濫など、様々な問題を抱えています。比嘉正子が保育事業と消費者運動の先駆者として活躍した時代も、同様にいろいろな問題が横たわっていました。

一九三一（昭和六）年の早春、二十七歳の誕生日を目前に比嘉正子は、託児所と幼稚園を合わせた福祉的な幼稚園を設立しました。「家庭がどうこうあろうと子どもたちは平等だ」という信条で、戦前、戦中、戦後と激動する昭和、そして平成と、保育を軸とする地域社会づくりを推し進める社会事業家として活躍。さらに、戦後の食糧危機打開を突端に、消費者運動のリーダー、婦人活動家として生活を守る闘いを繰り広げました。

社会事業と消費者運動、この二つは比嘉正子にとって同じ根から伸びる二本の幹でした。「世の中から貧困と不平等を可能な限りなくしたい」という一心で、常に弱い者の立場に立って、その生活を守るために闘い続けた比嘉正子。その闘いは、「理念は行動のためにある」という信念に基づき、現状を少しでも、良くする実践の連続でした。現状打破のために必要な行為は、何者にも臆せずに実行する、その覚悟はまさしく火の中にも飛び込むものでした。

第二次世界大戦直後の日本で、時の絶対権力者、連合国軍最高司令官総司令部（略称ＧＨＱ）にも乗り込みました。それを機にＧＨＱとの信頼関係を築いていきました。時に対峙《たいじ》し、時に協力し、戦後の混乱の中で喘《あえ》ぐ弱き者の生活を守るため、絶対権力への従属ではなく、対等の立場で自らの意見を述べ、現状を変えていきました。

ＧＨＱ撤退後に主権を取り戻した日本において、お仕着せではない民主主義、自分たち民族の歴史や文化の上に成り立つ民主主義を求め、その主権者である大衆のより良い生活のための闘いを展開しました。

弱き者のための闘い。それは比嘉正子にとって権力との対話でした。権力は弱き者のために用いられてこそ真価を発揮するのだと、権力を説得する対話。権力を倒すのではなく協力者にする。それが比嘉正子の闘い方でした。

戦前から戦中、戦後を駆け抜け、激動する社会の底流に潜む問題を見据え、現状を踏まえて将来を志向する活動を生涯続けた比嘉正子。ここに記すのは、弱き者たちを守るために奔走した比嘉正子の軌跡の物語です。

リーダーは人に先んじて苦しみ、人に遅れて楽しむ。
道無き道を拓き、続く人へと託してゆく。
困難を打ち破り、希望の種を撒いてゆく。
理想に胸を焦がし、行動に情熱を燃やす。
体当たりで現実を動かし、希望の鐘を鳴らす。
行動によって仲間を鼓舞し、続く人たちの道を照らす。
打ち破った困難の数だけ、希望の種が育ってゆく。
明日の社会が今日よりも豊かな実りに恵まれているように。
子どもたちの明日のために闘い抜いた人、比嘉正子。

# 第一章　マッカーサー元帥に伝えて

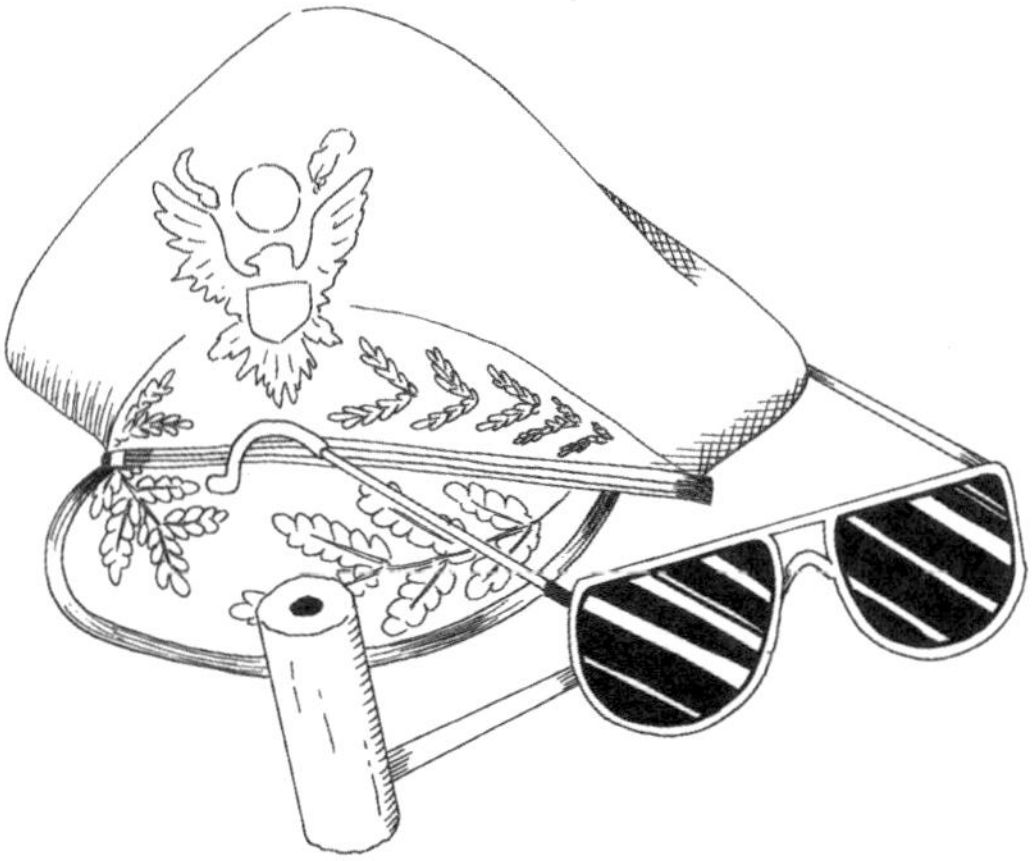

「お米をください。このままでは子どもたちが死んでしまいます。せめて子どもたちに食べさせるお米をなんとかしてくださいとお願いに来ました」

口から出そうな心臓を押し戻すように腹の底に力を込めて、比嘉正子は言い放った。

時は第二次世界大戦直後の一九四五（昭和二十）年十月。正子が立っているのは、連合国軍最高司令官総司令部（略称ＧＨＱ）が占拠した大阪市内のビルディングの一室。正子と向かい合っているのは幹部の男性情報官だ。

通訳の声に耳を澄ませる情報官は、

「日本のお母さんがここに来たのは初めてです。あなた方の願いを最高司令官のダグラス・マッカーサー元帥に伝えるよう努力します」

と、正子の目を見つめて力強い声で答えた。

戦争に敗れＧＨＱの占領下にある日本にとってＧＨＱは絶対権力だった。そのＧＨＱに「米よこせ」と乗り込むと言ったとき、周りの者は「無事に帰って来れんやも知れまへんで」と顔色を変えていた。

◇

「日本のお上は、もう力がありまへんのや。お上のうえにお上ができたんだっせ」

「力のないお上の下におる役人に何を頼んでもあきまへんのや」

「世間では、何事も力のある進駐軍（＝ＧＨＱ）の言うとおりになるとか言うとりまっせ」

配給米の遅配、欠配で空っぽの米びつを何とかしなければと、五十人ほどの、作ったばかりの『主婦の会』のおかみさんたちが正子の疎開している家に集まっている。正子がここに疎開してきたのは、半年ほど前。大阪が最初の大空襲を受けた一九四五（昭和二十）年三月のことだった。経営する保育所の閉鎖をぎりぎりまで延ばしていたので、もう疎開先は見つからないかと思っていたところ運良く見つかったのが、この大阪市の東に位置する鴻池新田西村の農家だった。

疎開先が見つからない人のいざという時の身の寄せ場にと家族三人には広い家を借りていたとはいえ、体を動かせば肩がぶつかりあうほど詰めて座っている座敷はむんむんしている。縁側に面した障子を開けてはいるが、長引く残暑で十月半ばにさしかかっても生暖かさの残る風は人いきれに掻き消される。興奮したおかみさんたちは手うちわで顔をあおぐ。

「進駐軍いうたら、あんさん、進駐軍のジープ見はりましたか」

「見ましたがな、あまりの大きさにびっくりしましたで」

「日本のんとは月とスッポンだすがな」

「あら、勝ち目、おまへんで」

終戦直後の八月二十七日、連合国軍の日本進駐が開始され、三十日に連合国軍最高司令官ダグラス・マッカーサー元帥が日本に到着した。九月二日、東京湾上の戦艦ミズーリ号で降伏文書の調印式が行われ、翌三日からＧＨＱが本格的に活動を始めて占領政策に踏み出した。大阪にもＧＨＱの司令部が置かれた。土佐堀川にかかる(現在の)錦橋近くにある住友ビルや大阪城天守閣横の陸軍司令部ビルをはじめ、あちらこちらの建物がそのオフィスに接収され、町中をジープが疾走していた。

「ほんでまた、降りてきた米兵の体格の良さに、たまげましたがな」

「栄養が行き届いてますんやろなあ」

ひもじい腹をさすりながら、誰かが羨ましそうな声で言った。

いかにも屈強そうな体格、高い鼻や青い目と、初めて目の当たりにした米兵の話を、空っぽの米びつをどうするかという問題そっちのけで喋り出したおかみさんたちの様子を、正子は右の頬にあてた手のひらに顎を預けるようにかすかに頭を傾けて眺めていた。

「なんだか、おっかないわね」

重なる声の間から聞こえてきたその一言に正子はぴくりと動いた。

戦前のことではあるが、アメリカ人宣教師、ミス・ラヴィニア・ミードが創設した女子神学校に通っていた正子は三年間、アメリカ人と寮生活をともにしていた。彼らはクリスチャンの宣教師や牧師ばかりで軍人のことは知らないが、そんなに恐ろしい人間だとも思えなかった。

「皆さん」

ＧＨＱの話で持ち切りの一同に正子は声をかけた。

「おかみさんの会の初仕事に、『米よこせ』と進駐軍に頼んでみませんか」

それまで盛んに動いていた皆の口がぽかんと開いたり、きゅっと閉じられたりした。

「戦争に負けた国のもんが、戦勝国のアメリカ人に『米よこせ』やなんて。そんなこと言うたら、『下がれ、無礼者』どころではすみまへんで」

しんと静まった空気を甲高い声が破った。

「それこそ、みーんな、束にしてぶちこまれまっせ」

今度はしゃがれた低く太い声が続く。目と鼻をむいて、皆をぐるりと見渡しながら話すその姿に一同が笑った。

「笑いごとではすみませんよ」

その笑い声を制するように、少し離れたところから誰かが言った。

「そうでしたね。それでは少し丁寧に『お米をください』とお頼みしたらどうでしょう」

笑いごとですませる気など毛頭ない正子がもう一度提案すると、

「だれが行ってくれまっか。皆さん、勇気、おまっか」

という一言があって、皆、そのまま黙りこんでしまった。思案している顔、無茶なことを言うと困惑している顔、そっと周りの様子をうかがっている顔。無茶に聞こえたのかもしれないが、何も勢いに任せてした提案ではない。正子は思い切って意見を述べた。

「現在の日本は、大凶作による飢饉《ききん》に苦しんでいた明治時代以来の食糧難にあります。戦前は満州、台湾、朝鮮から輸入して、凶作のときも食糧不足を補ってきたんです。しかし、今はその輸入もない。内地の米は大凶作で農民は供出したがらない。そのうえ軍人や外地からの引き揚げ者が一千万人を超えて人口は増える一方。こうなっては布施（現在の東大阪市）の配給支所はおろか、東京の大臣に頼んでもだめでしょう。やはり、お米をくださいとお願いに行くのは進駐軍以外にないと思います」

水を打ったように静まりかえっている。説明を続けたが聞き入れられそうにない。もう言葉も尽きたと正子も黙り、沈黙が続いた。

「比嘉さんの言わはることも、ようわかります…そやけど…」

蚊の鳴くような声が沈黙を破り、そやけど…という言葉に座敷のあちらこちらで、うんうんと小さく頷く頭が見える。正子の説く理《ことわり》はわかる。だからといってＧＨＱに掛け合いに行く勇気まではないというのが皆の本音だった。

「進駐軍に行くのなら比嘉さんに頼みます」

蚊の鳴くような声が、吐き出すようにそう続けた。

あちらこちらで頷いていた頭が一瞬ぴたりと止まった。

「それなら、私も反対しません」

「わても…」

遠慮がちながら同意する声が降り始めの小雨のようにぽつりぽつりと続いた。「反対はしないが、では行きましょう」とは言えないと、そういうことだった。おかみさんの会の総意が反対ではないのなら自分一人でも行くと心に決めた。

「私一人で行ってもいいけどね」

さっき意見の主張をしたときよりも柔らかな、ふだんの四方山話《よもやまばなし》のときのような口調で皆に語りかけた。

「一人では力がない。こないだの布施の支所のときのように、みんなで力を合わさないと、一人では無力だよ。だから、みんなが困っている証拠を持って行かせてよ」

「証拠て、何なの」

固い声で誰かが問うた。

「皆さんがしてくれた署名よ」

正子は気安い調子で答えた。

「ああそれなら難しくはないわ」

さっき問うた声が、ほっと安心した調子に変わった。

「署名、やりまひょ」

皆に呼びかけるような同意の声をきっかけに、一座の空気に活気が戻った。正子一人の肩にかかる荷が大きくなったとはいえ、沈黙の中に沈没しそうだった『主婦の会』の初仕事が、ＧＨＱへの米供給の陳情ということで無事決まった。

米びつが空っぽなのが当たり前という食糧難を何とかするのは台所を守るおかみさんの仕事。生活を守るために力を合わせて闘いましょうと集まった『主婦の会』。その初仕事を何としてでも成功させるのだという正子の思いには、食糧危機打開という目的に加えて意地もあった。

事の発端は、残暑厳しい九月半ばのことだった。

首筋を流れる粘った汗を拭き、さて、今日はお米にありつけるだろうかと家の門を出たところで、近所に住む岩崎ウタとばったり出くわした。

「奥さんも配給所行きだすか、私は今帰ってきたところだす。『上からお米が来なければ、皆さんがどんだけ毎日来てもあげられまへん』言われましてん。配給所行きならおよしなはれ」

米の遅配、欠配を嘆いて立ち話をしていると、向こうから同じご近所の飯田タキがやってきた。

「わても今配給所に無駄足運んで来ましたわ。配給所の人ら、今日はどないかしてましたで。昨日までは『毎度すんません。もう来ると思います。もう少し辛抱してください』とやさしいに言うてくれてたのに、今日はどないだす。『わてらの責任やあらへん。わてらかて早うあげとうても、上から米を寄こさなんだら、どないにもなりまへんがな。毎日毎日、そうやいやいと来んといておくんなはい』言うて噛みつかれましてん」

話すうちにどんどん腹が立ってきたのか、タキの眉が吊り上がっていく。

「ほんまに悔しいいうたら。腹を立てて、ひもじさが治るんなら、まだよろしいけど、ないないと思うとよけいに腹ぺこになりますがな。ほんまに、下駄はちびるわ、腹はへるわで散々だっせ」

それでも人に話すうちに気が晴れたのか、いつまで腹を立てても腹は膨れんとばかりに笑い飛ばして終わらせた。

「一度や二度なら、無駄足踏んだ相手に親切な言葉の一つもかけられるけど、毎日毎日、列になったおかみさんたちに『まだかまだか』と催促されて、とうとう頭にきちゃって思わず噛みついてしまったんでしょうよ」

配給所の様子を思い浮かべて正子はそう言った。

そのまま三人は空腹も忘れて、艶のない顔を寄せて何か打つ手はないものかと話し合った。

配給所にどれほど通い詰めてもないものを出せるわけがない。

「一度、上に行ってみまへんか」とウタが言った。

「上って、どこにありますか」

「たぶん、布施公団の配給支所やと思います。支所へ行って頼んだら、なんとかなりますやろ」

冷静知的な風貌のウタの言葉は大胆だったが、やってみる価値があると思えた。

「こないなったら、わて、どこへでも行きまっせ」

タキは今にも走り出しそうに身を乗り出している。

「でも、私たち三人だけでは心細いですね」

行くのなら、せめて十人くらいで行かなければ力がない。やる気に満ちたタキに、

「行くのなら数がいた方がいいですから、どうでしょう、飯田さんの母屋の奥さんもお誘いしてみたら」

と言ってみた。するとウタが目を丸くした。

「この人、何言うてはるの。百姓やが行ってくれますかいな。配給がなかったらヤミ米の値は上がるし、百姓は儲かる一方で大喜びですがな」

「しっ、声が大きいですよ」

正子は思わず人さし指を口に当ててみせた。するとタキが、

「かまいまっかいな。隣近所にかって売ってくれへんのやもんね」

声をひそめるどころか、聞こえよがしの大きな声でウタの言葉の後を引き受けた。古いしきたりが残る村での疎開生活で、常日頃から気をつかっている正子はハラハラして辺りを見渡した。

正子が疎開している鴻池新田は、一七〇〇年代初頭に時の豪商鴻池善右衛門宗利が、幕府

が入札に出した土地を取得し、広大な沼地を田地に開拓して、新田を求めて入植した農民たちを村人に始まった。善右衛門は管理と運営を行うために鴻池会所を置いた。以来、二百数十年の間、会所に配された支配人が、土地と土地の人々を管理してきた。

正了が疎開しているこのときも鴻池会所の支配力は村人たちにとって絶対的なものだった。議員などの役職はすべて会所に牛耳られ、会所の影響下にある会長が手駒になって動いていた。農家の人々は会長を頼り、何かにつけて相談していた。

村のしきたりを知らない疎開者は村八分のような扱いを受けた。「他国者の誰だれさんは村のしきたりを無視して、かくかくしかじか…」と村中に行き渡り、大根一本買うのにも困る羽目に落ち入った。

村のしきたりを守らない他国者などというお触れが回っては大変と、正子は気をつかいながら暮らしているというのに、土地の農家を悪く言う言葉を声もひそめずに口にするウタとタキにヒヤヒヤハラハラした。

ウタはこの鴻池新田西村の生まれで都会へ嫁いだ。銀行で重役を務めていた夫が定年退職し、ちょうど空き家になったウタの生家で暮らそうと夫婦で戻ってきた。細面で眼鏡の奥の目や口元に知性が漂う才女で、品が良く明るく如才がない。都会からの疎開者と話が合い、正子もウタからよく村のしきたりを教わった。

町から来た正子たちには話の弾むウタだったが、村人たちにとっては、生まれ在所が同じでも、都会で暮らして教養をつけて帰ってきて何かと都会風の暮らしをしている彼女は一目置く存在のようだった。

農家の人たちが憧れや尊敬を感じている一方で、村の役員や婦人会の幹部たちは彼女に何かコンプレックスを感じているようにも正子には感じられた。

飯田タキはこの土地の農家の分家だった。田地を持たずに月々の給料で暮らしていて生活は正子たち疎開者と変わらなかった。近所の母屋に住む本家は六反（千八百坪）の田を耕して不自由していないのに、自分たちには積み上げた米俵から一升の米も分けてくれないと、四角い顔の一文字眉を上げたり下げたりしながら、いつもこぼしていた。

確かにウタが言うように、農家のおかみさんたちは無理かもしれないが、やはり数は要る。ともかく自分たちの考えに賛同してくれそうな人を誘ってみることにした。

品が良く如才がないウタが、「風呂敷を持って、お米をもらいに行きましょう」と声をかけて歩いた。「お米をもらいに」という言葉が配給の遅配、欠配に困り果てていたおかみさんたちの心に響いたのか、当日、集合場所にしていた正子の家の門前にたちまち十二名が風呂敷を手に集まった。

ウタ、タキ、正子の三人と合わせて総勢十五名。下駄履きに風呂敷を手に集まった仲間たちの姿を見て正子は、ちょっとした小部隊だと心強かった。その一方で「お米をもらいに」という言葉に集まった皆の意気込みに少し気後れした。

「もし、もらえなかったときには、皆さんを騙したことにはなりませんか」

その心配をウタにそっと小声で伝えると、

「なんとかなりま。くれなかったら、向こうが悪い。そうでしょう、皆さん」

ウタはからっと明るい口調の大きな声で、そう言ってのけた。内心の心細さを吹き飛ばそうとする声に皆は大きく頷いた。その胆の据わった貫禄と、弁舌のさわやかさで、自然とウタがリーダーとなった。

リーダーのウタを先頭に十五人のおかみさんたちは、ジリジリと照りつける口差しで湿った空気が肌にまとわりつく残暑の中、布施にある米穀配給公団支所へと向かった。そこが二十一か所の末端の配給所を管理している支所だ。村の配給所が米の遅配、欠配を「わてらの責任やあらへん。上から米をよこさなんだら、どないにもなりまへん」というのなら、その上に直談判に行こうと集まったおかみさんたちは、風呂敷片手に下駄履きで支所まで歩いた。

「『米よこせ風呂敷小隊』とでも呼びましょうかね」

うだる暑さと、内心の心細さを拭い払うように正子が冗談めかして言うと、

「それ、よろしいな」

ウタが陽気に答え、涼しい風が吹いたようだった。

終戦からひと月ほど経った残暑のころ。翌年の一九四六（昭和二十一）年五月に皇居坂下門前に民衆がおしかけた『米よこせデモ』に先がけた、おかみさんたちの小さなデモであっ

た。

正子たちが布施の支所についたのはちょうど昼時だった。一階の事務所には誰もいなかった。十五人のおかみさんたちは、そのままどやどやと二階へ上がっていった。職員たちは弁当を食べているところだった。その弁当箱のなかを見て正子たちは息をのんだ。どの弁当箱にも銀めしが、つやつやと輝くばかりの白いご飯が詰まっているのだ。

「私たちは七日も欠配で、米一粒すら拝めてへんというのに」

隊長のウタが怒りをあらわに口火を切った。

「まんべんなく順番どおりに配給できませんのか。あなた方のその銀めしは、いったいどこから回ったんだす。役得だすか。それとも警察で摘発したヤミ米を横取りしたんだすか」

有無をも言わせぬ強い語気にその場の職員たちは顔色を失い縮み上がった。

誰もが配給基準量の米で暮らしているのだ。知事であろうと米屋であろうと例外はない。誰もが等しく米穀通帳を持って少ない配給を受け取りに行く決まりだった。白米のご飯を弁当箱に詰めるなど、到底できることではなかった。

職員たちは慌てて弁当箱の蓋を閉めた。閉めたところで時すでに遅しである。十五人の三十の瞳が弁当箱に詰まった銀めしを目撃している。

「所長さんは、どこにおいでだす」

毅然《きぜん》としたウタの言葉に、職員たちの視線が遠慮がちに一人の男に集まった。顔色と一緒に言葉も失ったのか、所長は無言で、すがりつくようにテーブルの縁をつかんでいる。その手がぶるぶると小刻みに震えている。

「うちの、年端のいかん子にも銀めしなんか食べさしたことないのに。それどころかうちの子は、生まれてこのかた、銀めしなんか見たこともあらへん。それやのに、ここの大人たちは……」

正子の隣に立っていた八城千栄子が涙声で、独り言のようにそう漏らした。

「そのお弁当一つで、わてらは何日も雑炊が食べられるんでっせ」

落ち着いた、しかし腹の力が響く声でウタが所長に向かって言葉を続けた。

うんともすんとも言わずに震えている所長に、

「配給はない、近所の百姓は売ってくれないで、食べ盛りの子らは腹ぺこなんですよ。その子たちを前に、売り食いをする着物もなくなった母親の苦しみがわかりますか」

真野みさきが涙を拭きふき食ってかかった。

おかみさんたちは黙り、しばらく沈黙が続いた。まばたき一つせず、蓋を閉じた所長の弁当箱を見つめる三十の瞳がすべてを物語っていた。

「しょ、承知しました」

所長が震える声で言った。

「回しましょう」

その言葉に、一拍の間をおいて、十五人は一斉にワアっと声をあげた。

「よかった、よかった」

「ほんまに」

「甲斐《かい》がありましたで」

「ああ、よかった」

さっきまでの怒りも悔し涙もどこかへ吹き飛び、

「さすがは所長さん、話がわからはる」

今の今まで鬼の形相で睨《にら》みつけていた所長を持ち上げる始末。

「所長さん、ほんまにおおきに、ありがとうさんです」

ウタもさっきまで所長を震えあがらせていた、どすの利いた声とは打って変わった明るい声と笑顔で礼を言い、「さあ、早う、みんなに知らせまひょ」と部隊の皆を促した。

「そや、そや」

「みんな、喜びまっせ」

「ああ、早よ、知らせてあげたい」

下駄の音も軽やかに階段を下りたところで、誰かの腹の虫が高らかに鳴った。

それもそのはず、一週間、米粒一つ見ておらず、芋の蔓《つる》やら南瓜《かぼちゃ》の茎やら大根の葉やらがぷかりぷかりと浮いている粥《かゆ》のようなもので食いつないでいる身で、太陽がぐんぐん高く昇っていく残暑の中を歩いてきたのだ。ほっとしたところで皆、空腹を思い出した。「お水をいただきます」と階上に声をかけて、十五人が水道の前に並んでがぶがぶと水を飲んで水腹を膨らませ、凱旋《がいせん》の途に就いた。

じっとりとまとわりつく残暑の中を歩く足取りも軽く、正子たち十五人は村へ帰りついた。がぶがぶ飲んだ水も汗となって消えて水腹もすっかり縮んでしまったが、米が届くという朗報を伝える嬉しさがひだるさを紛らわせた。

村に着いたその足でウタを先頭に、鴻池新田の配給所に布施の米穀配給公団支所の所長が米を回す約束をしてくれたと報告に行った。

裏話は伏せておいたので配給所の人たちは半信半疑の顔である。その顔に正子たちは笑いだしたいほど愉快になったが、

「ほな、お米が届いたら、どうぞよろしゅうお願いします」

と涼しい顔で配給所を後にした。

配給所を出てからは、道々、行き合う近所のおかみさんたちに「米が届きまっせ」と声をかけた。その言葉に、ぱっと、日が差した山の頂のごとく明るく輝いたおかみさんたちの顔に、正子たちの疲れも吹っ飛んでいった。

その日の夕刻、正子たちの後を追いかけるように七十二俵の米が配給所に届いた。やっと米がもらえると配給所に並ぶ行列は日が暮れても続いた。空きっ腹を抱えて長い時間待つこ

とも苦にならない様子だった。何しろ芋の蔓やら飼料の豆粕やらで食いつないでいるのだ。米の現物がそこに積みあがっていて待てば手に入るのだから、たとえ夜なべになろうとも苦であるはずがないのだ。

配給所の人たちも、まだかまだかと日参するおかみさんたちに謝ったり、ついつい嫌ごとを言ってしまうよりも、たとえどれほど時間がかかろうと、米を渡して「おおきに」と喜んでもらえる方が気も体も楽なのである。

米を手に配給所から帰るおかみさんたちは、正子らの顔を見ると礼を言った。その明るい顔を見ると、今さらながらに自分たちの行為は正しかったのだと嬉しくなった。

配給所の人たちも礼を言ってくれた。思えば配給所の人たちにしても米にありつけないのは同じことで、それを黙ってのみ込んで、まだかまだかと押し寄せるおかみさんたちに、すんません、すんませんと、頭を下げていたのだ。「あの人らも、板ばさみで、いろいろつらかったんやろう」と、噛みつかれたと眉をつりあげていたタキも怒りはどこへやらで、礼を言う配給所の人たちに同情を寄せた。

一週間余り、一粒の米も拝めない配給の欠配に堪えかねて、腹立ちまじりの勢いでやった米よこせ風呂敷小隊の作戦であったが、ウタやタキの言うように運にも恵まれて成功した。

配給所にどんと積まれた米俵に、配給を待ちわびていた村人たちは泣かんばかりに喜んだ。正子たちの顔を見ると、「おおきに」「おおきに、ありがとうさんだす」「今日は子どもらに、お米の入ったお粥を食べさせてやれます。ほんまに、おおきにね」と声をかけてくれる人たちに、うまくいくものかどうか不安を抱えながらも思い切って、布施の米穀配給公団支所まで直談判に行ってよかったと、正子たち小隊の仲間は喜びあった。しかし、この成功に歯ぎしりする者がいた。

農家の人たちは何か事をするにはまず会長に相談するのがこの村の常であり、しきたりだった。それを正子たちは一言の断りもなく行動したのだった。村の生まれとはいえ中身は都会者のウタ、農家の分家にもかかわらず村の人間らしからず自分の思ったことをはっきりと口にするタキ、都会から疎開してきて村のしきたりを軽んじる他国者の正子。そしてその三人に同調して勝手に行動を起こした女たち。その勝手な行動だけでも十分苦々しいのに、それで村人たちから礼まで言われている。会長は面目丸潰れである。

正子たちの米よこせ風呂敷小隊作戦の後、また米の欠配が続いた。半月も経てば、米びつはまた空っぽだ。会長は面目躍如の機会とばかり、「女にできることが男にできないわけがない」と豪語して、意気揚々と布施の米穀配給公団支所に米を回してくれるように頼みに行った。ところが体よく断られた。女たちがした交渉を会長たる自分ができなかったのでは、いよいよ面目丸潰れである。一思案した会長は村に帰ってくると役員たちにこう報告した。

「米の配給というのは、一人一日なんぼと決まってあるもんや。女どもが米をよこせと言うたからというて、もらえるもんやない。そんなこと、配給規制が許さん。誰彼が頼みに行ってもらえるもんなら、会長のわしが行かんとほっておくかいな。女どもが『お米もろうてきた』言うて騒いどるが、あれはあれじゃ、回すべき米が回されただけのことやでな」

日ごろから頼りにしている会長、知恵者の話はさすがに筋が通っていると、役員たちは家に帰ると女房に話して聞かせた。女房たちは隣近所に話して歩いた。隣近所のおかみさんたちの口から口へと話は広まり、とうとう米よこせ風呂敷小隊の面々の耳にまで入ってきた。

「会長が言わはるには、あの米は、回されるべき米が回ってきたんやそうだっせ」

「ほんまかいな」

「会長さんがそない言わはるんやから、そうに決まってますわ」

「いや、そやったんかいな」

誰よりも知恵があると常日頃から頼みにしている会長の言葉を疑う村人はいなかった。それに村八分の危険を冒してまで会長や役員の言葉に異を唱える由もない。米が届いた日、正子たちに、「おおきに」「おおきに」と口々に礼を言ったおかみさんたちの口から出るのは、もはや会長から聞かされた話ばかりになった。会長の話一つで自分たちの行為が否定されてしまった。そこここの井戸端会議で耳に入ってくるおかみさんたちの話に、米よこせ風呂敷小隊の面々はしゅんと萎《しお》れてしまった。

一人の力は小さくても仲間がその力を合わせれば何事かを成し得る。自分たち家庭の主婦にもできることがあると、戦後の苦しさの中で見つけた小さな希望の光が消えていくようだった。

食糧難を生き抜くためにできることは何か。嘆いたり愚痴を言ったりしているだけではなく行動を起こす。たとえ成功を約束されていなくても、自分たちの力で何かをしよう、何か行動を起こそうと、動いた。どうする、どうすると考えて行動を起こした。芽生えかけた希望、自分たちにもできることがあるという自信と前進する勇気を、何もしなかった人たちからの否定によって失ってはいけない。正子とウタは、反論して歩くことを決めた。

「会長さんは、私たちがどんな交渉をしたのかご存じないから、そのようにおっしゃるんです。私たちは何も、一人一日三百グラムと決まっている配給米を千グラムよこせやなんて、無茶なことを頼みに行ったんやないです。もう七日も欠配が続いていて困ってる、早く順番を回してもらいたい。そのときには、それまでの欠配分も合わせてくださいよ、と要求しに行ったんです」

七十二俵もの米俵が届いたのは欠配分まで要求したからである。会長に言われるまでもなく配給規制のことは承知している。自分たちは、その配給規制をきちんと守ってもらえるように交渉してきたのだという説明をした。そしてさらに、それまで他言しなかった、あの日の出来事。米穀配給公団支所の職員たちが弁当箱に詰めた白いご飯を食べているのを目撃した話をした。

「こっちは七日間も欠配が続いてるいうのに、相手は銀めしのお弁当を食べてる。国民は飢えてるいうのに、配給役所の役得というのは許せまへん。一刻も早う、私ら国民に米を回してくれと言うた、わてらの要求が無茶やと思いまっか。筋の通った話やおませんか」

いきさつまで含んだ説明を、おかみさんたちはただただ頷きながら聞き、「そうだすなあ」「ほんまに、よう筋が通ってますわ」「そないなことでしたんかいな、よう分かりました」と得心してくれた。

会長の話を鵜呑みにしていたおかみさんたち一人一人と差し向かい、自分たちの行為への理解を得ていく正子とウタの姿に、しゅんと萎れていた米よこせ風呂敷小隊の仲間たちも元気を取り戻し、「そうや、わてらもしゅんとしてる場合やあらへん。反撃しまっせ」と、二人に加わって、自分たち、米よこせ風呂敷小隊による配給米の獲得は正当なものであったと主張して歩いた。

正子たちは、女たちの成功に面目が潰れたと、その行為を否定する圧力も押し返した。鉄は打たれるほど強くなるというが、このおかみさんたちもまた、強くなって立ち上がった。

「さて、皆さん。会長や役員の言い分を黙って聞いておられますか。戦争に負けて封建主義は終わりましたのやから、もう私ら、会長の支配や命令を受ける必要はのうなったと思います」

夕食の下ごしらえを済ませて正子の家に集まったおかみさんたちを前に、ウタが話し始めた。会長の悔し紛れのでまかせが井戸端会議から消えたところで、次の一手を打とうと十五人が集まったのだ。風呂敷片手に布施の米穀配給公団支所に乗り込んだ小隊の勢揃いだった。正子はウタの隣で皆の様子に目を凝らした。

ひと月余り前、風呂敷片手に乗り込んだ『米よこせ』の交渉で身をもって知った団結の威力。米よこせ風呂敷小隊のおかみさんたちは、生活危機打開のために会を組織しようと決めた。女ごときの交渉に何の力があるかと喧伝《けんでん》されたことへの意地もあった。一度きりの成功で終わらせては、そら見たことかと笑い者になる。自分たちの行為を否定する噂への反論に歩く中で、おかみさんたちの心に生まれた強い思いだった。

「変わって、私らで会を作りましょ」

ウタは皆の決意を、宣言するように言った。

「何という会を作れば、ええんでしょうか」

間髪入れずにタキがそう言ったのを皮切りに、次から次へと意見が出た。

「婦人会、という名は、いやだっせ。国防婦人会、愛国婦人会…」

重なるように続く声の間をついて、八城千栄子が吐き捨てるように言った。布施の米穀配給公団支所で、「うちの子は、生まれてこのかた銀めしなんか見たこともあらへん」と、白飯の詰まった弁当箱を並べる職員たちを前に漏らした人だ。

この発言をきっかけに、おかみさんたちは婦人会の苦い思い出を語り合った。議題を提案して論じ合うというようなものではなかったが、それぞれが思い思いに話し、皆がそれに耳を傾け、意見を重ねていった。千栄子が口にした二つの婦人会、『大日本国防婦人会』と『愛国婦人会』。どちらも国を守るために身を捧げる兵士を思い、女性たちが自発的に始めた会だったが、正子たちが知る姿は、どちらも武官や役人、会長の命令を下々のおかみさんたちに徹底させることに躍起になっているものだった。

戦時の世相の中で、お国に尽くすという自負をもって努めていたのだろう。しかし上からの考えや命令をただ下々に伝えて従うように働きかけるだけで、自分の意思を持つことも述べることもないものだった。この集まりの冒頭に、ウタが、『もう、会長や役員の命令を受ける必要はのうなった。私たちの会を作りましょう』と宣言した皆の思いとは相いれないものだった。自分たちの会に『婦人会』と名をつけるのは真っ平ごめんだと湧き上がる思いをひとしきり語り合い、さてそれでは会の名前をどうすればいいのかと困り果て、このままでは事が進まないと行き詰まったところで、

「『主婦の会』でよろしいがな」

小野寺春がぽつりと言った。

「そや、台所の心配をするのは、わてらだす」

タキがぽんと膝を叩いて言葉を続け

「庶民的な、良い名前ですね」

真野みさきが、さらにその後を引き受けた。正子は、みさきの口から『庶民的』という言葉

が出たことに、おや、と思った。

「今までは何かの会というたら、役員は、役にも立たへんのに夫の七光や、金持ち、旧家いうだけで選ばれとった。それで、その役名を名誉の勲章かなにかのように思い上がっている人がぎょうさんおった。この、わてらの会では、そんなことはやめまひょな。生活の重荷を背負うた、わてらみたいな貧乏人が、我が身につまされてこその、ほんまもんです。皆さん、どないだす」

一同は春の意見にごもっともと頷いた。

「私たち、おかみさんの『主婦の会』、おかみさんの会で決まりですね」

新しい良い名前がついたと正子は話を締めて、

「今は貧乏人と言わないで、庶民と言うようになりましたね」

みさきが口にした、庶民という言葉を今一度、繰り返した。

台所の危機を救う『主婦の会』の誕生だった。おかみさんたちが自分の意思を持って意見を述べ、行動する。民主的な組織づくりとはどういうものか誰にも分からなかった。ただ上意下達で動いたり、何者かの支配を受けたりすることのない会。権威におもねることなく、自分たちが生活の中で感じ考えてきたことを話し合い、皆で知恵を出し合い解決するために行動するのだという思いで集まったおかみさんたちの『主婦の会』だった。

「昭和二十年十月九日、大阪府中河内郡盾津町鴻池新田にて、『主婦の会』発足」と正子は記録し、主婦という文字におかみさんとふりがなを振った。

名前が決まったことで座は活気づき、そのまま役員の選出となった。皆でざっくばらんに話し合いながら、ウタを会長に、幹事六名と会計一名の適任者を選んだ。正子は幹事長格に選ばれた。

この八名は世話役ということになり、中心となって早速、会員の獲得を始めた。堅苦しい会則などは特に作らず、八人の世話役が便箋と鉛筆を持って、「『おかみさんの会』を作って、私らが世話役をしています。どうぞ入会してください」と、あちらこちらを歩いて回った。つたない方法ではあったが、その気安さがかえっておかみさんたちにはよかったのか、川を挟んだ西村と東村から次々と入会者が集まり、会員総勢五十一人となった。

ただ、村の役員のおかみさんたちからはそっぽを向かれた。これに気兼ねしてか、入会をためらうおかみさんたちもいた。貧乏人という言葉に代わって庶民という言葉が使われ出し、封建制度が終わりを告げたとはいえ、長い歴史の中で受け継がれてきた古い考えは村の人たちの精神に深く宿っていた。

一九四五(昭和二十)年八月十四日、日本はポツダム宣言を受諾し、翌十五日、玉音放送によって国民は敗戦を知らされた。二十七日から連合国の日本進駐が開始され、三十日に連合国軍最高司令官ダグラス・マッカーサー元帥が日本に到着。九月二日、東京湾上の戦艦ミズーリ号で降伏文書の調印式が行われ、すべての戦闘が終結した。翌九月三日から連合国軍最高司令官総司令部・GHQが本格的に活動を始めて占領政策に踏み出した。

八月十七日、鈴木貫太郎内閣が総辞職し、東久邇宮稔彦内閣成立、さらに十月九日、幣原喜重郎内閣発足と、主権を失った日本の政府は右往左往していた。本格化するGHQの占領政策のもと発足した幣原内閣はマッカーサー最高司令官から『五大改革』の指令を受けた。

『五大改革』の目的は民主化であり、その骨子は「財閥解体や農地改革による経済の民主化」「女性の参政権獲得」「労働組合結成など労働者の権利の保障」「学校教育法の制定」「治安維持法や特別高等警察の廃止」だった。

正子たちが、「もう、会長や役員たちの命令に従う必要はなくなった。自分たちの意思で動く自分たちの会を作ろう」と立ち上がり、台所の危機を救う『主婦の会』を発足させた日は、くしくもGHQにより日本に民主化の風が吹き込まれたのと同じ、この一九四五（昭和二十）年十月九日だったのだ。

日本に民主化を告げる鐘が鳴らされた日に生まれた主婦の会。その初仕事を何としてでも成功させる。その決意は正子にとって、思春期に学んだ女子神学校の校長、アメリカ人宣教師ミス・ラヴィニア・ミードから教えられた民主精神への思いでもあった。

「女性も、自分の意見を持ち、行動するのですよ。自分で考え、行動する。それは誰にも公平に与えられた責任であり、権利なのです」

『主婦の会』の名簿に目を通す正子の耳に、ミス・L・ミードの声が響いていた。正子は自分の中に眠っていた民主精神が目覚めるのをはっきりと自覚した。

◇

ＧＨＱに「お米をください」と頼みに行く。その決意は揺るがない。民主精神を日本の国にも広めようというＧＨＱだ。たとえ敗戦国の国民であっても、その意見に耳を貸してくれるのではないだろうか。女子神学校で、正子たち学生に友人のように接してくれた宣教師たちを思い出し、たとえ一％の可能性でもあるのなら、やってみない手はないと自分に言い聞かせた。

ただ、一人の声では小さすぎる。みんなが困っているという証拠の署名を持っていくと決め、八人の世話役たちが集めた。会員の募集と同じように便箋と鉛筆を持って会員たちの家を一軒一軒回った。会合では表だって反対はしなかったが、「署名して、それを証拠にとられて引っぱられるようなことになったら、えらいことやし」、「相手が相手でっさかいなあ、わて、よう書きまへん」と、いざ署名する段になって協力を渋った会員もいた。世話役たちは気安い口調で、尻込みをする相手の気持ちをほぐして、一つまた一つと署名を集めた。その健闘のおかげで署名として形がつくほどの数が集まった。

署名に合わせて出す願い状も用意した。

『私たちの子供や家族は食糧がなく飢えております。どうぞ私たちを助けて下さい。せめて子供たちの食だけでも与えて下さい。どうか私たちの願いをマッカーサー元帥に伝えてください。貴殿の力で食糧を輸入して下さい。

主婦の会代表 岩崎ウタ　外 五十人』

稚拙な文章と粗末な署名簿だったが、自分たちの思いを素直に綴った一言一言に皆の願いが満ち溢れていた。無理に体裁を整えるよりも、みじめで切羽詰まった暮らしが滲《にじ》み出ていてよいと、その文面を繰り返し読みながら正子は思った。

さあ、これで準備は整った。結果はどうあれ、行くしかない。頑丈なジープと見るからに屈強な体躯《たいく》の米兵の姿が脳裏に浮かび、胃のあたりがキュッと締まる。しかし正子の決意は揺るがない。願い状を持つ手に力がこもる。唇を真一文字に結び顔を上げると、願い状を届けに来た三人も、正子と同じように何かを決意したような顔で座っていた。

「私らも一緒に行きますよ」

ウタの快活な声に続いて、

「なんぼなんでも、比嘉さん一人に行かすのは殺生だすわ」

「署名を集めた私たちにも責任があります」

タキとみさきがきっぱりと言った。

自分一人でと決意していた正子だが、この三人が同行してくれると聞いて、キュッと締まった胃のあたりがほっと緩み、鼻腔の奥がツンとした。

大阪市西区の石原産業ビルディングの前に着いた。モダンな洋風の大きな門を前に正子は足がすくんだ。征服者への恐怖心で汗ばむ手が小刻みに震えた。落ち着くために深呼吸をしようとするが、胸の入り口に何かがつっかえているように息が入っていかない。激しい鼓動で胸が波打ち、耳の中まで脈打った。ぐっと踏ん張るように並んで立ったウタ、タキ、みさきの三人からも緊張が伝わってくる。誰もくすとも言わない。

「ぶちこまれるなら、私一人でたくさんですよ」

押し潰すような沈黙に堪えかねて正子は空元気の冗談でそう言うと門の中へと踏み出した。冗談を飛ばした勢いを借りて玄関に入ったものの、そこからどうしていいやら分からず突っ立った。軍服を着た背の高い男性がホールの先に見える廊下を横切っていく。黙ったままその姿を顔ごと目で追う。すると向こうが、顔も体もこわばらせて突っ立つ四人に気づいて足を止め、正子たちの方に来てくれた。

「お願いがあって来ました。英語が話せませんから通訳をつけてください」

近くに立つといっそう大きく見える。正子は落ち着いた声を心がけて、目の前に立つ青い目の軍人に日本語で言った。相手は少し待てというような身振りをすると奥へと消えた。胸がドキドキしているが、一言声を発したことで腹の底に落ち着きが生まれたようにも感じた。四人が無言のまま待っていると日本人が「何か用か」とやって来た。

「私たちはお願いがあって、五十人のお母さんたちの代表で来ました。一番偉い方に会わせていただきたいのです」

日本人の顔を見て幾分ほっとした正子は、手短に用向きを説明して頼んだ。

「どんなお願いですか」

「お米のことについてです」

「ちょっと待ってください」

ずっと真顔だった相手が初めてにっこり笑い、今来た方へと戻っていった。

笑顔を見てほっとした正子たちは、胸を撫でおろした。しばらくするとさっきの日本人が戻ってきて、情報官の部屋に通してくれた。洗いたてではあるが、台所から割烹着《かっぽう》を脱いでそのまま出かけてきたような普段着に下駄履き姿の四人を、情報官は笑顔で何か言いながら迎え入れた。

正子は全身の血が頭にのぼっていくのを感じた。足元が浮いたようで、ぼーっとしている。目だけでほかの三人の様子をみると、いつも落ち着いているウタも似たような状態に見えた。タキはのぼせたような顔をしているし、みさきも緊張で落ち着かない様子だ。正子はにこりとして表情を和らげようとしたが、頬が強張りぎこちない笑顔になった。

「お米をください」

第一声を発したことで少し足に力が戻った。口から出そうな心臓を押し戻すように腹の底に力を込めて、正子は一気に言葉を続けた。

「このままでは子どもたちが死んでしまいます。せめて子どもたちに食べさせるお米をなんとかしてくださいとお願いに来ました」

一番偉い人に会わせてくれと頼んで引き合わされた男性情報官は、口元を和らげた表情で、まっすぐに正子と目を合わせて通訳の声に耳を傾けている。目は真剣さを映し出すように輝いて見える。思考していることを表す鋭い光だったが、冷たさは感じなかった。

「一週間、一粒のお米を見ないことは当たり前。芋の蔓や南瓜の茎、大根の葉っぱがぷかりぷかりと浮いたお粥のようなものを啜って私たちは生きています」

通訳が話し出したので正子は口を閉じた。心臓の鼓動が耳の奥に響いている。通訳が続きを促すように、正子を見た。

「私たち大人、母親たちは辛抱します。けど、このままでは子どもたちを育てることができません。育てるどころか、死なせてしまいます。せめて子どもたちに食べさせるお米をください。子どもたちにお米をください。子どもたちの命を守ってください」

乾いた舌を必死に動かしてお願いにきた趣旨を伝え、

「私たちは五十人のお母さんの代表で来ました。ここに皆の思いと名前があります」

持参した願い状と署名簿を差し出した。

情報官は椅子から腰を上げ、自らこともなげに受け取り、一度視線を走らせてから通訳に手渡した。通訳は願い状に書かれてあることを訳し、署名簿に並んだ一人一人の名前を読み上げた。

情報官は、正子、ウタ、タキ、みさきの四人に向かってうなずきながら、一言も聞き漏らすまいというような真剣な眼差しで通訳の言葉を聞いていた。

訳し終わった通訳から願い状を受け取ると、もう一度、それらに視線を落としてから机の上に置き、正子たちの方に向き直り話し始めた。

何を言っているのかさっぱり分からなかったが、四人揃って、自分たちに語りかけられる言葉を懸命に聞いた。一言一言ゆっくりと、正子たちに直接話しかけるような話しぶりだった。情報官が話し終わった。

「日本のお母さんたちが来たのは初めてです。日本のお米や食糧の足りないことはよく知っています。すべてマッカーサー元帥が決めることです。あなた方の願いを伝えるように努力しましょう」

通訳から聞く言葉に正子はやったと拳を握った。通訳と情報官の顔に視線を行ったり来たりさせながら聞く正子たちの方を堂々と胸を張って真っすぐに見つめる眼差しには、その場しのぎではないと思わせる真剣さが感じ取れた。

「ありがとうございますっ」

心の底からの笑顔で礼を言うと深々とお辞儀をして、飛び出すように部屋を後にした。

門の外に出ると正子は肺いっぱいに息を吸い込んだ。胸の入り口のつっかえはなくなり、存分に新しい空気が入っていく。

「ああ、やっぱり来てよかった」

情報官の部屋を出てから門の外まで、どこをどう通ってきたのかうろ覚えだ。足元はまだふわふわとして地に着かない。

「何事ものう、すんだねえ」

ウタが胸に手をあて息を吐く。

「日本の知事さんだったら、どうだったろう」

情報官の何げない様子は、神学校時代に触れ合ったアメリカ人宣教師たちの気さくさに似ていた。

「会うてもくれへんやろ」

「追っ払われるのが落ちじゃないかしら」

タキとみさきにも声が戻った。

「会ってくれた人は、何て名前かしらね」

相手の名前を尋ねる余裕もなかったことに、自分がどれほど上気していたか、正子はあらためて知った。

「あれ、ほんま。みんなが、あんまりおどおどするさかい、わてまであがってしもて、名前聞くのんも忘れてしもうた。惜しいことした」

「この人、何、言ってるの。怖くて口も聞けなかったくせに、負け惜しみを言って」

心の軽さ、身の軽さ、足の軽さで、話が弾んだ。笑うたびに安堵《あんど》が体に満ちていく。鴻池新田に帰り着くと、主婦の会の会員たちが四人の帰りをやきもきしながら待っていた。

「無事で良かった」

「心配で仕事もろくに手につかへんかったんよ」

正子たちの無事を喜んだ後は、矢継ぎ早の質問攻めだった。不安も緊張もすっかり吹っ飛んでしまっていた四人は、軍政部での出来事や、情報官と面と向かって話したときの様子などを説明した。署名をしたものの不安もあったおかみさんたちは、「米軍は鬼やなかってんね」と胸を撫でおろし、正子たち四人を囲んでひとしきり話の花が咲いた。

正子たちがＧＨＱに行ったことは村中の評判になった。「えろう、おまんね」「進駐軍に、米くれと頼みに行ってくれはったんだっせ」と口から口へと瞬く間に噂は広まった。今度は、おかみさんたちの仕事に難癖をつける者はいなかった。初仕事の成果のほどは別にして、主婦の会というものへの信頼を築くには十分だった。

# 第二章　ＧＨＱを追い風に

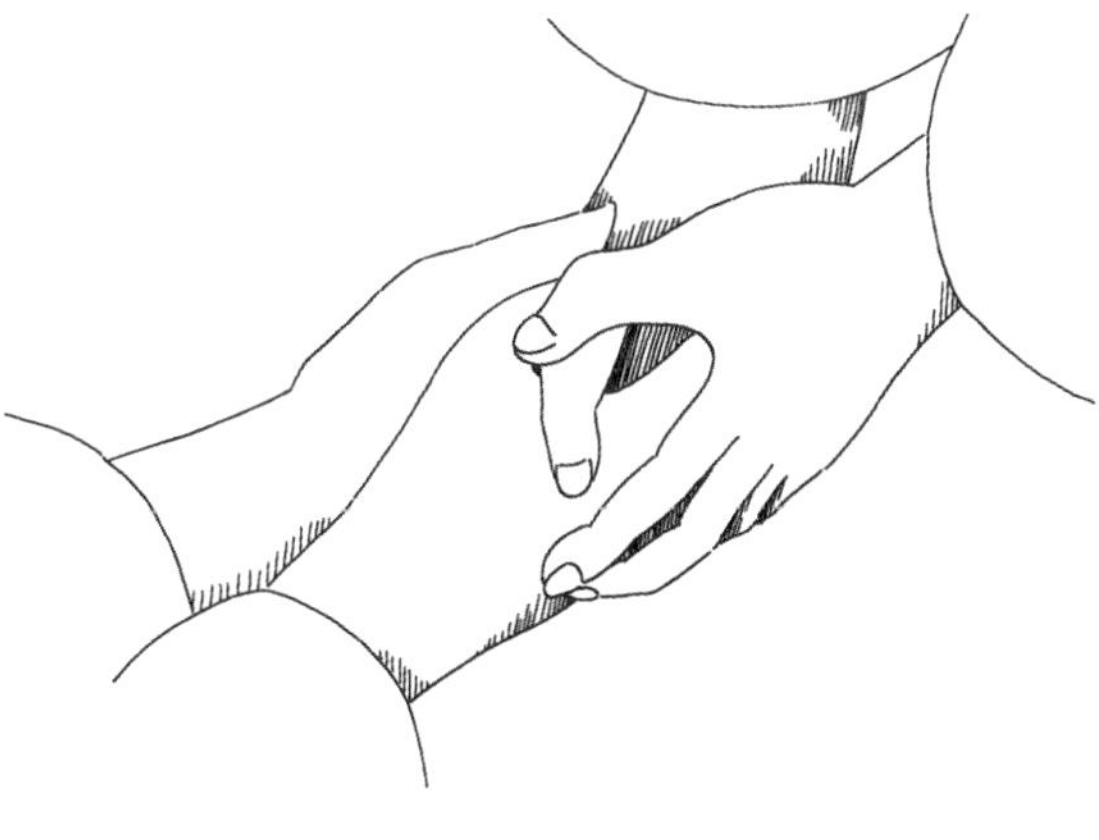

ＧＨＱへの陳情の成功は、正子に大きな自信をもたらした。行動によって現実を変えられる、誰にも与えられたこのチャンスを生かすのだと正子は次の手に打って出た。

「自分たちおかみさんにもできることがあるというのが、今回のＧＨＱへの陳情で分かりました。生活の中で感じたり考えたりしていることを身の丈の言葉にして、どんどん行動に変えていきましょう」

ＧＨＱへの陳情から間もない会合で、正子は『主婦の会』による『主婦の店』開店の計画を提案した。

この一九四五（昭和二十）年三月、六月、七月、八月と八回にわたった大空襲によって大阪は生鮮食料品の流通が停滞していた。乏しい物資の価格は天井知らずに高騰、頼りの配給も欠配続きで、金のある者か買い出しに長《た》けた者しか食べ物を手に入れることができなかった。日々の食べ物にも事欠くのが庶民の生活だった。自分たちがさらされている生活危機を打開せんと立ち上がった鴻池の『主婦の会』の役員たちは、この状況をなんとかしなければならないと正子の提案に賛成した。それから連日、役員を中心に会員たちは集まって、知恵を絞っては考え込んだ。

「先立つものは資金ですね」

正子はずばりと切り出した。この鴻池新田に疎開してくるまでは大阪の都島で幼稚園を経営し、年々増える入園希望者に応えようと施設の拡充のための資金繰りに東奔西走してきた正子は現実的に話を進めた。

店を開くということに少し浮足立っていた場の空気が引き締まっていく。

「あの、防空演習や夜警なんかの集まりに使うてた屯所小屋、あそこ使うたらどうでっしゃろ。あそこやったら、家賃いらんのちゃいますやろか」

「あのあばら屋なら、お金はとられまへんやろ」

「とりあえず屋根がついとりまっさかい雨露しのげる、物さえ並べられたら十分ですわ」

「ほな、場所は決まりでよろしいな」

壁代わりの継ぎはぎの板は、燃料に困った誰か彼かに夜な夜な剥ぎ取り持ち帰られて隙間だらけ、六本の柱の上に屋根が乗っているだけと言ってもいいような屯所小屋が『主婦の店』の店舗に決まった。勝手に決めて大丈夫だろうかとも思ったが、放置されている小屋を使っても特に差し障りはないだろうと正子も同意した。

「買い出しや店番は、わてらが順番にやったらええことやからお金は要らんけど、仕入れのお金はどないかせなあきまへんな」

ここで一同、黙りこんでしまった。貸してくれる当てなどないし、食糧だけでなく金も乏しい時代に会費を取るという選択肢もなかった。

「会費を取るやなんて言うて、せっかく入ってくれた会員がやめる言い出したら、えらいことでんがな」

「それでのうても、主婦の会に入ったら肩身の狭い思いせえへんやろかて気にしてる人もおってやのに」

「『主婦の店』を開く前に、肝心の『主婦の会』がつぶれてしもたら、えらいこっちゃ」

戦争が終わり世の中に新しい風が吹き始めた。その風に乗って、封建的な権威から脱した主婦の会を作った。

台所の苦労を身をもって知っているおかみさんたちが、自分たちで生活を少しでも良く変えていくための会。ざっくばらんな話し合いの中で選んだ世話役が役員として会の舵《かじ》取りをしている。その在り方に胸を張っているものの、役員たちは誰も村では力のない者ばかり。隣近所への引け目から、目立たず大人しくという気持ちがつきまとうのも事実だった。

「預かり金、ということにしたらどうだろう」

正子は、肩を落とし始めた仲間たちに一つの策を呈した。

「会員一人から三十円ずつ借りて、会を辞めるときには返すんです」

皆の視線が正子に集まった。

「会員五十人で千五百円になるから一回分の物資購入費には足りる。儲けを出さないにしても、仕入れた物を売りさばけば元金は返ってくるから、預かり金が減ることはない」

「はあ、なるほど」

皆の表情に元気が戻ってきた。

「私たち世話役が、三十円は預かり金であることと、その資金で仕入れた物資は適正な価格で会員に販売することを説明して資金調達に歩くんです」

「やりまひょ、やりまひょ」

「なんぼでも説明して歩きまっせ」

次の日から役員たちは一軒一軒、会員を訪ねて回った。出したお金が返ってくるのであれば賛同も得やすいだろうとは思っていたが、反応は期待を上回っていた。食糧の仕入れ金として貸すのならと、思い切って二口、三口と協力を申し出る人も多かった。

役員は一切無料奉仕で働くという約束を守り、会員たちもそれぞれ主婦の店の運営に責任をもって動いた。知人を頼って物資のありかや入手できるルートの情報を見つけ出しては役員に告げた。情報を得るや役員たちはすかさず購入に走った。犬のごとき嗅覚で食べ物のありかを探る会員たちと脱兎のごとく購入に走る役員たちの行動力で、主婦の店は徐々に取り扱う商品を増やしていった。

主婦の店の開店から少し経った一九四五（昭和二十）年十一月十七日、ＧＨＱの指令を受けて、政府は物資の流通を促し価格上昇を抑制せんと生鮮食糧の配給制度と公定価格を撤廃した。これによって大っぴらに買い出しができるようになった役員たちはモンペ姿に頬被りをして、仕入れた物資を詰め込んだ大きな風呂敷包みを体の前後にぶら下げて大手を振って村の道を歩いた。

買い出しの腕も上がってきて手に入る品もだんだん豊富に上等になっていった。ニシン、竹輪、佃煮、ベーコン、さつま揚げ、卵など栄養のあるものを仕入れて帰ると会員たちは大喜びだった。

情報を集めたり、モンペ姿に下駄履きで買い出しに走ったりしているおかみさんたちの姿は生き生きしていた。台所を守り、子どもたちの生命を守るのだという強い意思が、行動によって一層強くなっていった。相変わらず配給米の遅配、欠配は続いていたが、子どもたちを飢えさせることなく年越しを迎え、ささやかながらも新年の祝い気分を味わわせてやることができた。

その様子に、食糧に不自由していない農家のおかみさんたちが主婦の会に入りたそうな素振りを見せ始めた。タキの本家が最初に入会してきた。それをきっかけに「百姓でも入会させてくれまっか」と頼みにくる人が増えた。

主婦の店を始めて三か月余り、村のしきたりを重んじる農家の主婦たちにも受け入れられて、正子たち役員は「おかみさんの会もようやく上向きになってきた」と頷き合った。そうして会員が増えるに連れて商売の規模も大きくなっていき、商品の保管もできる店舗が必要になってきた。

「成長のための挑戦をしましょうよ。みんなで知恵を絞って、ね、やってみませんか。これは主婦の会の将来のために、きっと必要なことですよ」

二一七歳を目前に身ひとつで公園を園舎にした青空幼稚園を始めて、数か月のうちに三〇〇坪の土地に二十五坪の園舎を建てて、その後も園舎や設備の拡充をしてきた比嘉正子だ。今これだけの仲間が集まって店一軒を構えられないはずがないという自信があった。その自信が力となって滲み出る正子の言葉は、役員や話し合いに参加した会員たちを勇気づけた。

根強い村のしきたりを前に気弱になることはあっても、自主的な会を作ろうと集まったおかみさんたちだ。正子の発言に場は活気づき、店を一軒持つことにすんなりと決まった。役員と会員たちが毎日二人ずつ売り子として店に立つ、給金無しの奉仕であるということも全員一致で決まった。

そして、肝心の店舗の確保と敷金の捻出をどうするか、難題を前に意見が飛び交った。家賃を払っていけるのか。案ずるより産むが易し、やってみなければ分からない。とは言えやはり不安は大きい。堂々巡りで結論に至らないまま、いたずらに時間が過ぎていった。「あれ、晩ご飯の支度をせんならん」という一声で、その日はやむなく解散となった。

一方、一九四五（昭和二十）年の暮れから一九四六（昭和二十一）年にかけて、政府は食糧難政策に頭を痛めていた。

十一月十七日、生鮮食料品の公定価格廃止が決まって市場での価格が急激に上がった。闇市では、戦時中には目にすることもなかった商品も積み上げて、おおっぴらに高値をつけていた。正子は主婦の店の経営のために、役員たちと闇市に足を運んで、その高騰ぶりを調べた。

モンペ姿に風よけの頬被り、擦り切れた色足袋にくたびれた下駄を履いたおかみさんたちが、わら半紙と鉛筆を手に闇市を歩いた。何も買わずに値段を書き写す正子たちに邪険な声も飛んできたが、「わてら、みんなで買いもんの相談するのに、値段調べてまんねん」「兄ちゃん、ごめんなあ」とやり過ごした。

公定価格廃止が決まって間もなくの十二月と翌年の二月に調べたデータを正子は比較できるようにノートに記した。

りんご　三個十円が二個十円に
ふかし甘藷（さつま芋）　三個一円が一個一円に
するめ　一枚三円が四円に
葱　十五本十円が七本十円に
大根　一本四円が八円に

自分たち庶民の食卓に並ぶものですらこの値上がりぶりだった。売り食いの竹の子生活には身を切るどころか骨まで削るようだった。台所を守るために主婦の店は続けていかなければならない。その日その日の食糧確保に走りながら、正子は店舗を借りる手立てを考えつづけた。

一九四六（昭和二十一）年三月、政府は、以前の公定価格の二割から三割高の「新・公定価格」を定めるなど、新たな管理統制の実施を決めた。正子は、この新たな管理統制に行き詰まっていた『主婦の店』の活路を見いだした。

台所の片付け、洗濯、掃除と朝の一仕事を終えて新聞を広げると、その新たな管理統制についての記事があった。そのうちの『入荷制度』について読みながら正子は閃《ひらめ》いた。主婦の店の道が開けた、そう思ったとたん、正子は下駄を突っ掛けて家を飛びだした。

「岩崎さん、道が開けたわよ」

ガラガラっと勢いよく玄関の引き戸を開けてウタの家に飛び込むや、奥に向かって大きな声で呼び掛けた。

「これよ、これ。新制度の入荷制度」

前掛けの裾で手を拭きふき現れたウタの顔を見たとたん、正子は玄関に突っ立ったまま、手にしていた新聞を広げて読み上げた。

「一、『出荷組合』を生産地の都市単位に組織して、組合が出荷計画を行う。二、生産地の『出荷組合』と都市の『消費協同組合』と直結した出荷方法を認める。ねっ」

興奮に目を輝かせる正子に、

「ねっ、て。それが、どないしたの」

ウタは少し呆れたふうだ。大ニュースだと読み上げた記事へのウタの反応に正子は拍子抜けした。神学校での講義や、保母として勤めていた大阪北市民館の保育組合で協同組合の概念に馴染《なじ》んできた正子には、『消費生活協同組合』はたやすく理解できるものだった。しかし、主婦業に専念してきたウタにとっては馴染みのないもので、突然『消費生活協同組合』という言葉を聞かされても、ぴんと来るものは何もないのだ。そう気づいた正子は、新聞記事の内容を簡単に砕いて説明したが、反応は今一つのままだった。

「できたばかりの『主婦の店』をどないするかで頭を抱えてるというのに、この人また何を作るというの。このうえ『消費組合』を作るなんて言うたら、村の人たちは、訳の分からんことを言うと、呆れ返ってしまいまっせ」

村人よりも先に今目の前で呆れ返っているウタに、正子は自分の頭の中にできあがっている『主婦の店消費生活協同組合』化について説明を続けた。

「何も新しく作る必要はないのよ」

はやる気持ちで早口になりそうなところを抑え、落ち着いた声でゆっくりと話す。

「今、会員から一口三十円ずつ借りてるお金を出資金とみなすの。それで『主婦の会』の会員を『消費生活協同組合』の組合員に変えてしまうの。それだけでいいのよ。これといって苦労なしよ。それで、私たち、生産地から直接マル公（公定価格）で仕入れができるようになるの」

困った人だというように少し渋かったウタの表情が和らいだ。

「その組合を作ったら、物資をヤミ値やのうてマル公で買えるということですか。私、組合やなんかいうから、また勇ましいに賃上げ闘争してるような組合かと思いましたがな」

組合という言葉を正子が口にしたとたん、ウタが怪訝《けげん》そうな顔をした理由が分かった。

「組合というのはね、私たちのように食べるのに困っている普通のおかみさんたちでも作ることができるし、ＧＨＱや政府も奨励しているのよ」

正子は組合についての説明も付け加えた。

「そんなら、善は急げ。みんなに話してみまひょ」

話をのみ込んだウタがぽんっと膝を打って立ち上がった。その勢いに今度は正子が慌てる。閃いたと同時に家を飛びだして、記事を最後まで読んでいなかったのだ。ウタは、下駄の上に下駄を履いて走ってきたような正子の慌て者ぶりに呆れて、「落ち着いて読みなはれや」と、あげた腰をおろした。正子も上がり框《かまち》に座って、記事を読みながら要所要所をかいつまんで説明した。

「流通についての取り決めが書いてあるね。まず、消費者のところへ、決まった産地から青物が届くのね。次に、代金払いは、産地決済。で、配給の仕組みを整えて出荷の割り当ては出荷組合が行うですって。何も問題になるようなことはないわね」

新聞から顔を上げた正子に、ウタもうなずいた。正子の描いた青写真どおり、一口三十円の借入金を出資金に変えるだけで消費生活協同組合の結成が可能だ。

間もなく役員会が開かれた。話し合いは宙ぶらりんになったままの店舗を借りる件から始まった。他のおかみさんたちも同じ思いだったようで、皆の表情には解決への意欲が見て取れた。

そしてもう一つ、皆の士気を高める大きな理由があった。

昨年、正子たちがGHQ軍政部に「お米をください」と震えながら陳情に乗り込んでから三か月ほど経った今年、一九四六(昭和二十一)年の年明けから、GHQによる食糧輸入が始まった。正子はこの進展に、「日本のお米や食糧の足りないことはよく知っています。すべてマッカーサー元帥が決めることとです。あなた方の願いを伝えるように努力しましょう」と真摯《しんし》に応えてくれた情報官の言葉を思い出した。アメリカは女性の声も聞き入れる国柄だから、きっと私たちの声も届いて輸入が早くなるのに一役買ったのだと自分を力づけた。そして主婦の会の仲間たちにも、「これからも自信を持って生活危機を乗り越えるために力を合わせて行動していきましょうね」と話した。

GHQによる食糧輸入があるにもかかわらず、食糧難は続いていた。行動を起こせば何かが変わる、たとえ小さな変化であっても、自分たちの力で現実を変えられる。その自負心はおかみさんたちの情熱になった。生活を脅かしているこの状況を自分たちの手で何とかしなければならないという強い思いで、主婦の店の今後についての話し合いを再開した。

正子は解決への糸口として消費生活協同組合への組織変更を提案した。

組合という言葉に皆の反応は思わしくなかった。先日のウタと同じように表情を硬くする人もいた。正子は神学校時代に文献で読んだ北欧諸国の消費組合についても説明した。組合という言葉に、自分たちの生活とは懸け離れたところにある闘争的なイメージを持ってしまっているおかみさんたちの表情は硬いままだ。

「今回の消費生活協同組合はＧＨＱや日本政府が奨励するもの、それどころか至上命令と言ってもいいほどのことなのよ」

正子の力説に、ＧＨＱの鶴の一声で政策が変わる世の中だ、至上命令であるならば従うがよいのだろうという意見も出始めた。が、やはり、そう簡単に抵抗感は拭えなかった。正子は多数決は取らずに、皆の気持ちが一つになるまで根気よく説得を続けた。

「要は、消費生活協同組合いうのは、わてらみたいな普通のおかみさんが自分らの生活を良くするための方便として、うまいこと使えるもん、いうことだすな」

いちばん渋い顔をしていた一人が言ったところで、正子は『主婦の店消費生活協同組合』への組織変更の構想について話を始めた。

「生産者から直接仕入れることで会員に安う売れるようになりますねんな」

「お金のことも、特に集め足すこともないし、退会するときは利子つけて返しますんやね」

「その協同組合にしたら、主婦の店は、会員にとってはもっと良くなる、わてらの生活が楽になるいうことですやんか」

身を乗り出し、体をひねり、皆があちらこちらと目を合わせてうなずき合う。

「税金はどないなりますのやろ」

役員たちに組織変更への自信が芽生えてきたと正子が手応えを感じ、膝の上でよしっと両拳を軽く握ったところで、会計係の千栄子が尋ねた。

「そら、大事なことでんがな」

やる気になっている役員たちは活発に話し合った。皆、それぞれに思うところは話しただろうというところで正子は後でよく調べると約束し、

「自分たちの生活を守るために儲けることは考えない主婦の店ですもの。無茶な税金は取られませんよ。もしも不当な税金を取ろうというなら、またＧＨＱに直訴すればいいんですよ。ＧＨＱが奨励する協同組合ですもの、邪魔をするような悪い役人はきっと追放されますよ」

「米をください」と直談判に行った日、「日本のお母さんたちが来たのは初めてです」と出迎え、正子が手の震えを抑えて差し出した願い状と署名簿を何げない態度で受け取ってくれた情報官の姿を思い浮かべ、自分たち市井のおかみさんの声にも耳を貸してくれたＧＨＱを

味方につけた。権力を自分たちを守る力に変えるのだと正子は思った。

役員たちはいよいよ活気づき、意見も出尽くしたと場が落ち着いたところで皆の腹が決まった。

『消費生活協同組合主婦の店』としての新たな出発だった。

新たな出発に皆が意気揚々となったところで、『主婦の会』という名称の発案者である小野寺春が借りられそうな駅前の空き店舗を思い出し、その場で交渉に向かって朗報を持ち帰った。行き詰まっていた問題が解決し一気に話が進んだ。やるとなったら突き進む。次の一手を考え始めた正子はぐっと臍《へそ》の下に力を込めて、心にのしかかり始めた責任の重圧を押し返した。

借り物の古い机に商品を並べて屯所小屋と似たり寄ったりのしつらえだったが、『消費生活協同組合　主婦の店』と看板を掲げ、自分たちの店を持ったのだという気持ちで店先に立つおかみさんたちの白い割烹着姿は、駅前通りを行き来する人たちの目を引いた。

協同組合となって公定価格での安定した仕入れと販売が可能になり会員たちは喜んだ。うれしそうに買い物をする会員たちの姿を励みに役員たちは毎日代わる代わる大阪市京町堀にある『大阪府新生活協同組合連合会』へと仕入れに通った。連合会の職員たちはおかみさんたちを好意的に迎えてくれて、それがまた日課の仕入れの励みになった。

仕入れから店番まで、売るにも買うにも溌剌《はつらつ》とした会員たちの姿は否が応でも目立つ存在になった。正子は、前進する主婦の会の次の展開へと目を向けた。

正子たち鴻池の主婦の会が主婦の店を成功させようと日々奔走していたこの頃、大阪に新しい婦人組織ができた。戦前戦時の婦人会の役員をしていた人たちが名を連ね、正子の知人もいた。何の権威もないおかみさんたちの「お米をください」という声を真摯に聞いてくれたGHQの情報官の姿勢に、戦後の混乱の中に芽吹いている新たな時代の可能性を感じていた正子は、動かなければと思った。この機を逃してはならない。世界を広げなければ、この風に乗らねばならない、と。

「私、大阪にできた新しい婦人会に入会するわ」

主婦の会の役員会の帰り道、二人になったウタに正子は言った。

「おかみさんの会をもっと力強いものにしていかないと。そのためには、もっと広く物事を知る必要があると思うの。この鴻池の中だけにいては、だめだと思うのよ」

ウタは足を止め、正子をじっと見た。

「外に出て、民主主義の風をつかんできます。それを、おかみさんの会の追い風にしてみせます」

黙って聞いているウタの顔になんともうれしそうな笑みが広がった。

「ええことだすな。呼びたなったら、いつでもお呼びよし、わても入会しますよって。あんさんは一人やあらしまへん、わてらがついとりまっせ」

からりと明るい声が背中を押す風のようだった。

「ありがとう」

正子は両手でウタの両手を包み込んだ。

二人の胸と胸の間で、結んだ手と手がリズムを合わせて脈打っているようだった。


知人からの紹介を得て入った婦人会の活動実態は正子が期待していたものとは違っていた。論じるためのサロンのようで、何度目かの参加だったこの日も、論じ合うことが目的のような議論が延々と繰り返されていた。

（これではまるで有閑マダムの集まりのようだ。私には、この一員で居続ける余裕はない）

理屈をいくつ並べても米びつに米は入ってこないと、大きな風呂敷包みを背負って仕入れや店番に走り回る主婦の会の役員仲間の顔が浮かんだ。

正子は行動を起こした。この会発足の提唱者でありながら会に顔を出していない奥田克子を訪ねた。彼女は正子を前に大衆に根を下ろした実践運動の意義と在り方を熱弁した。大正時代から婦人新聞記者として、関西の婦人運動のリーダーとしての彼女の華々しい活躍ぶりをニュースなどで知っていた正子は、その熱気溢れる口調と情熱にすっかり魅了された。

「新しい婦人会を作る企画をしましょう」

ひとしきり話し終えると克子は新たな構想を提案し、正子を誘った。圧倒され、魅了された正子にそれを断る理由は見つからなかった。「いつでも呼びなはれ、わてらがついとりまっせ」というウタの言葉どおり、鴻池主婦の会も加わり、『日本主婦の会』が発足した。敗戦の苦しみから立ち上がり国の再建に貢献していくべく、生活に直結した自主的で実践的な運動をしていくと方針が固められ、幹事長格に克子を据えて、正子は当番制の常任理事の一人に選ばれた。

収まらない闇物価の上昇と、物価問題に猛然と取り組む鴻池の主婦の会に刺激を受けて、日本主婦の会も物価値下げの運動に立ち上がった。「この物価高騰ぶり、男ばかりの物価監視委員は何をしているのか」と、名ばかりの委員の代わりに日本主婦の会からの若干名を含む婦人委員を任命させて中央市場に派遣した。台所を守り、物価高による生活のしんどさが身に染みているおかみさんたちの行動は早かった。業者と主婦の懇談会を開いて価格表示の要求を行ったり、物価引き下げ運動を行う諸団体との連絡を取るなど、精力的に動いた。

こうして鴻池の主婦の会と、日本主婦の会の運動に走り回るうちに一九四七(昭和二十二)年を迎えた。戦後二度目の年越しも激しい食糧難のうちに過ぎ、西へ東へ駆け回る正子たちの足が止まることはなかった。

# 第三章　ヒューマニズムの原点

子どもたちを飢えさせてはならない。その思いが正子を突き動かしていた。

鴻池新田に疎開するまで、正子は大阪市の都島で私立都島幼稚園を営んでいた。一九三一（昭和六）年早春、「家庭がどうこうあろうと子どもたちは平等だ」という信条に基づいて、託児所と、当時は富裕層の特権ともいえる幼児教育を行う幼稚園を合わせた福祉的な幼稚園として創設。大阪が大空襲を受けて府知事から閉鎖令が出されるまで、仕事のある都会で働かなければならない母親たちの要望に応えて、戦時保育所として経営を続けていた。「困っている人がいるのなら助けるために力を尽くす」。ただその思い一つで、どんな逆境にも屈せず保育を続けた。

十四、五歳の頃、正子の胸に、社会を作る仕事をしたいという将来への思いが芽生えた。それが社会事業という仕事だと理解した二十歳の頃、弱い者の立場に立って生きていくのだという決意となった。

世の中に貧困と不平等がある限り人類は救われない。社会学の講義で聞いたその言葉に胸を焦がし、世の中の人がそれぞれに幸福を感じて生きる社会を作るために、社会の坩堝《るつぼ》に飛び込み、悪しき現実は変えていこうと決心した。

その実現の道が、子どもたちが平等に保育され、幼児教育を受ける福祉的な幼稚園だった。家庭がどうこうあろうと、子どもたちには将来を切り拓く機会が平等に与えられる場所を作る。それが二十七歳を目前にした正子の、社会を作る仕事の第一歩だった。そして、疎開先の鴻池新田でおかみさんたちと、食糧危機打開のために始めた消費者運動の根本も、そこにつながっていた。

◇

困っている人の力になりたい。社会事業家そして消費者運動のリーダーとしての正子の源流であるその純粋な思いは、父親の姿によって育てられた。

正子の父、渡嘉敷宗重《そうじゅう》は琉球国の士族だった。宗重は琉球国の経済と外交を支える泡盛を王府に納める家業の造り酒屋を営みながら、科挙を目指し勉学に励む人だった。が、琉球国が沖縄県となり、王府の公用をなくした家業は試練の時を迎えた。

正子が生まれたのは、一九〇五（明治三十八）年三月五日。日露戦争景気で泡盛業界は大輪の華を咲かせていたが、それは冬を前にした最後の華だった。正子が誕生してから半年後、日露戦争は終結、物心ついた頃には家業は苦しかった。

生家のある首里市金城町は琉球国の伝統を受け継ぐ造り酒屋が並んでいたが、沖縄県内のあちらこちらに商いに長けた造り酒屋が立ち始め、正子の父宗重のような士族の商売は立ち行かず、さらに重くなっていく税の前に喘いでいた。

正子が尋常小学校の高学年になる頃には、町内の造り酒屋の数軒が夜逃げ同然にいなくなった。正子の父は、家屋敷を失う前に廃業を決め、商売の片手間にしていた畑仕事に身を入れて一家の食を補い、母親が機を織って生計を助け、姉三人は学業もそこそこに奉公に出た。

これほど暮らしが傾いてからも、父は頼ってくる村人たちへの助力を惜しまなかった。幼かった正子の記憶に残っているのは、異国の言葉で書かれた手紙を父に読み解いてもらうために、家を訪ねてくる村人たちの姿だった。

この日も正子が学校から帰って来ると、年配の男の人が訪ねて来ていた。門の所で挨拶を交わしたその人の顔には嬉しそうな笑みが広がっていた。両手で包み込むように手紙を持っている。「いい手紙だったんだな」と正子は思った。坂道を下りていく後ろ姿も嬉しげに見える。その後ろ姿を見ていると、まるで自分にもいいことがあったような気持ちになってくる。「あの人に手紙を読んであげたお父さんも、こんな気持ちなんだろうか」と、正子は頬に風を受けながら男の人の後ろ姿を眺めた。

当時の沖縄は外国への移民が多く、村人宛てに異国の言葉で記した手紙がたびたび届いたのだ。村人たちはその手紙を持って宗重を訪ねて来た。

沖縄が琉球国であった頃、首里城には官吏登用のための科挙があった。かつて科挙の受験を目指した博識の宗重は村人たちから頼られていた。畑仕事で節が太くなった手で外国語の書物も参考にしながら読み解き、年寄りや子どもにも見知らぬ異国から届いた手紙の内容をよく分かるように説く父の姿が正子には誇らしかった。

琉球国の王府で世の人々のために働こうとしていた宗重は、苦境にあっても人を思いやる心を保ち、科挙を目指して身につけた知恵や知識でもって村人を助けることを惜しまなかった。その父の姿、人としての在り方に正子は誇りを見いだし、人のため、社会のために働くヒューマニズムの土壌を育てていたのである。

正子が尋常小学校六年生になると、父宗重は「これからの世の中は学問がなくてはだめだ」と、進学するように言った。この頃の沖縄では家を継ぐのは男の子に限るという慣習だったが、正子の父宗重はそうではなかった。女の子であってもしっかり勉強して家名を上げてくれればいいと考えていた。一度は廃業したものの、琉球国の時代から受け継いできた家業の再興への願いは、世間の慣習よりも強かった。

正子には二人の兄もいたが、どちらも夭逝《ようせつ》し、子どもは女の子ばかりになっていた。そして末娘の正子は学問が好きだった。幼いころから父親の膝で本を読んでもらい、話を聞くのが好きだった。字が読めるようになると、難しい字や言葉の意味を父親に尋ねながら熱心に本を読んだ。活発で近所の子どもたちと遊ぶのにも夢中で、勉学一筋というわけではなかったが、聡明で利発な正子は真綿が水を吸い込むように知識を吸収し、そこから考えを広げていくのが好きだった。担任の教師も、一家の事情を知った上で正子には進学を勧めている。そのうえ、自然と人を束ねる天性を持っているようで、子どもたちで何かをするとき、計画を立てて采配を振るい、他の子たちもそれを抵抗なく聞き入れ、正子を真ん中に集まっていた。進学について手放しで喜べずにいる正子に宗重は、「子どもがそんな心配をしなくていい、上の学校に行きなさい」と言った。

正子は高等小学校に上がり、さらに首里市立女子工芸学校（入学時の名称は首里区女子実業補習学校）に進んだ。沖縄県で最初の女子実業学校として生まれ、県下で最も有名な実業学校として首里区外の各地から生徒が集まるこの学校は、学問に実技と、科目が充実していた。教師から官費の女子師範学校を勧められたが、就学期間が一年短く、知識と実践的技術を修得できるこの学校は、正子の望みに適《かな》っていた。

一九一九（大正八）年四月、正子は首里城内にある首里市立女子工芸学校に通い始めた。十四歳の正子は親の負担を軽くしようと、父の畑から野菜を取って首里市場で売り、自分でも学費の足しや小遣いを工面した。苦学生であったが、学生生活を謳歌《おうか》した。入学間もなくできた気の合う友達グループと、工面した小遣いで放課後の時間も楽しんだ。

そしてもう一つ、正子に自由な世界が広がった。女学校に入学して間もなく、那覇にあるバプテスト教会に通うようになった。教会の中は自由な空気に満ちていて、男尊女卑や、琉球の古い因習の名残である身分意識もないそこは、正子にとって別天地のようだった。

自由な空気を味わう一方で、伝道師の路傍説教について行ったり、バイブルクラスで賛美歌を歌ったりと、牧師や信仰心の深い信者たちと触れ合う中で正子に倫理観が育っていった。そして正子の精神の根に宿ったその倫理観が、自由と責任のバランス感覚、授業をさぼって好きな文学を読みふけるような自由奔放な行動への自制心となった。

本科の三年間はあっという間に過ぎ、正子に卒業の日が近づいてきた。三年間、自分なりに世界を広げてきた正子は、家のしきたりや学校の規則、小さな町の因習にとらわれない考えを持ち始め、もっと広い世界に飛び出していきたいと願うようになっていた。卒業が近づくにつれ、その思いは強くなっていった。このまま家に残れば自分がしぼんでいくように思われ、進路を考えることはいつしか家からの脱出を考えることになっていた。

従姉妹たちが移り住んでいるハワイでの生活も考えたが、望む職業に就くほどの英語力が自分にあるとは思えなかった。向かう先は内地だと決めた。正子が女学校に進学した翌年、日本大学に国内で初めて私学の社会科が設けられた。男女共学だった。そこに進学したいとも思った。そして大学卒業後は社会を作るような仕事につきたいと将来の道も思い描いた。しかしその実現は難しかった。家の経済事情を考えれば到底無理なことだった。が、家を出て、外の世界に飛び出す夢は諦めなかった。

一九二一（大正十）年、卒業と同時に正子は、実家から遠く離れた宮古郡に尋常高等小学校の代用教員として赴任した。一年後、那覇のバプテスト教会から「大阪の神学校に派遣したいからすぐに帰ってこい」という旨の電報が届いた。もうしばらく教職を続けていたかったが、念願の内地へ渡るチャンスかもしれないと受け取った電報を手に教会を訪ねた。

女学校時代の正子の姿を知る牧師と伝道師の二人が待っていた。聖書や賛美歌の理解に熱心で、日曜学校の手伝いをしたり、青年グループの一員として活動したりする正子の姿を見てきた二人は、彼女を伝道師として育てたいと思うようになっていた。その二人から大阪の十三にあるバプテスト女子神学校への入学を勧められた。

バプテスト女子神学校はミス・ラヴィニア・ミード（Missionary Lavinia Mead）というアメリカ人女性が作った学校で、学費も寄宿舎の費用もミッションの経費でまかなわれているということだった。この那覇のバプテスト教会の伝道師の一人が、十年ほど前にその女子神学校に進学し、卒業後もミス・L・ミードの仕事を手伝っていたと聞き、未知の世界がぐっと身近に感じられた。

内地に渡る絶好のチャンスだった。自費が不要であれば親に負担をかけることもない。ただでさえ見知らぬ世界を前にすると好奇心でいっぱいになる正子だ。迷いやためらいはなかった。神学校の生徒になるには洗礼を受ける必要があったが、それについても何ら抵抗はなかった。

ただ一つ難関があった。親の反対だった。姉の一人が結婚して大阪に住んでいるので、大阪ならばそうも反対されないだろうと思っていた正子の読みは外れた。宗重は、秘蔵っ子の正子を遠く離れた内地にやりたくないの一点張り。その宗重に増して母親が反対した。家屋敷を失う前に断腸の思いで決めた廃業だったが、宗重は家業の造り酒屋の再興を諦めたわけではなかった。琉球の政治経済に大きな役割を担う泡盛を王府に納めてきた家代々の責務は誇りだった。伝統ある泡盛造りを正子に託したい、そういう宗重の思いを母親は理解し、苦しい家計の中で正子の進学にも賛成した。

しかし、どれほど話を重ねても揺るがない正子の意思の強さに、宗重の態度が軟化してきた。目的は学問で、女子神学校の寮で生活するという安心感もあった。卒業すれば伝道師として戻って来るのだし、内地での経験も将来の役に立つかもしれないと理解を見せ始めた。

父の胸の内の変化を感じとった正子は実力行使に踏み切った。宮古での一年間で貯めたお金で鹿児島行きの船の切符を買い、小さな鞄一つを手に港に向かった。

正子を追いかけるように港まで見送りに来た宗重は、甲板の正子と手を振り合う姉たちの横でじっと立ちすくんでいた。父の心中を思うと心が痛んだが、夢見る心が正子を進ませた。

一九二三（大正十二）年、十八歳の春だった。

◇

「ここバプテスト女子神学校は、文化的ですがすがしく、清楚《せいそ》な感じのする学校です」と、正子は宗重に近況を伝える手紙に書いた。寄宿舎生活では指導役の上級生がいて、将来、伝道師として人に接する学生たちはそれにふさわしい礼儀作法、人への接し方を生活の中で身につけていった。バイブルを基礎とした講義や実習は厳しかった。しかし校長、教頭をはじめ教授たちは人間らしい温かみや優しさ、思いやりにあふれていた。節度と穏やかさに満ちたすがすがしい空気の中での自由でのびのびとした日常生活には、笑いとユーモアが絶えることがなかった。

天真爛漫《てんしんらんまん》な正子の周りには自然と人が集まった。神学校には男子のバイブルクラスもあって男子学生と女子学生の交流は自由で、コーラスやテニスを一緒に楽しんだ。「男女七歳にして席を同じゅうせず」という世相の中で、二十歳前後の男女が共に音楽やスポーツを楽しむ。隔てや線引きを作らず集まって楽しく過ごす。この伸びやかな環境は正子の性格にうってつけだった。

生来の性質を一層色濃くしたアメリカ人女性ミス・ラヴィニア・ミード、このバプテスト女子神学校の創設者であり校長との出会いは、その後の正子の人生に大きく影響した。

背が高くふくよかなミス・L・ミードは柔和な人柄の人格者だった。生徒に話をするときは肩に手をかけて自分の体に引き寄せ、庭を散歩しながら静かに話すのが常だった。校長と生徒というよりも祖母と孫というような温かみのある接し方で穏やかに話すのだった。

かつて宣教師として沖縄にも駐在していたミス・L・ミードは、単身沖縄から来た正子をよく自分の傍に置いた。「貧しき子、小遣い稼ぎ、しなさい」とユーモアを交えて正子を呼ぶと、白髪を抜かせながらいろいろと話して聞かせた。正子はミス・L・ミードと二人で過ごす時間が好きだった。想像すらしたことのない見知らぬ世界の話を聞くことは旺盛な好奇心と知識欲を満たした。またそれは、正子の内の少女の心を満たす時間でもあった。

正子は母親との縁が薄かった。幼い頃に三人変わったどの母親との間にも懐かしむような思い出はなかった。ふくよかで柔和なミス・L・ミードの後ろに立って白髪を一本一本抜きながら、自分だけを相手に話す声に耳を傾ける。その和やかな時間は母と娘の時間に似て思えた。

ミス・L・ミードは宣教師として日本各地に駐在し、正子よりも広く日本を経験していた。同じ日本でも地域によって異なる文化を持つものだと、それぞれの人の生活に想像を巡らすのも楽しかった。ミス・L・ミードから聞く話の中で、特に正子に印象の強かったのは女性像についてだった。沖縄、大阪と今まで自分が見知ってきた小さな世界の女性像が、海を越えて一気に広がっていった。身分制度の名残濃い沖縄の首里城下の村で見てきた女性の姿、家を守るしっかり者の主婦を「お家はん」と呼ぶ町人文化の大阪の女性の姿、そして自身の意思を言葉と行動ではっきりと表すアメリカの女性の姿。その違いに正子は驚き、心をつかまれた。

ミス・L・ミードによって知った一人の人間として自分の意思をはっきりと言葉に表し、ためらいなく行動に移していく女性像は正子に、心の奥深くの何かを揺り起こすような衝撃を与えた。その驚きは、宗重の姿に育てられたヒューマニズム、ミス・L・ミードが説く博愛と慈愛、それを世の中に実現していく社会事業についての理念と溶けあって、正子の内深くに染みていった。

◇

子どもたちの生命を守るのだと食糧危機打開に奔走する正子の情熱の底には、子を失う母親の悲しみがあった。必要とする母親がいる限り続けると、周囲からのどんな圧力にも屈せず戦時保育を続けていた一九四五（昭和二十）年の一月と二月、正子は長女と長男を立て続けに亡くしていた。

米軍が攻勢に転じて以来、日本軍の戦況が怪しくなっていく一九四二（昭和十七）年、女学校三年生の長女牧子が結核で長期入院することになった。

夫の賀盛に似てふくよかな輪郭の顔でいつも物静かにニコニコと笑っている牧子は、勉学が好きで、音楽の先生は音楽家に、国語の先生は文学者に、算数の先生は数学者になってはどうかと勧めてくれた。そんな牧子が一日も早く学校に戻れることを願った。

牧子の入院からほどなくして、国民学校六年生の長男健が腹膜炎にかかり入院した。正子に似て活発でやんちゃな健が病に伏すなど思ってもみないことだった。

何をおいてもそばに付いていてやりたかったが、正子には私立都島幼稚園の園長としての責務があった。一日たりとも仕事を休むことなく、一度たりとも遅刻することもなかった。仕事の前と後に病院に通い、夫婦の食事を削って運んだが、もとから少ない配給食からでは育ち盛りの二人の滋養には到底足りなかった。

薬に不自由し、栄養分もなく、治療のはかどらぬ我が子を見ているしかない歯がゆさ、心もとなさ。片時も離れず我が子のそばにいてやりたいと願う母親の情と、自分を頼りにしている園児たちやその父母への思い。我が子と園児たち両方の生命を守る無理と矛盾に耐え続けるために、神経が剃刀《かみそり》の刃のようになり、肉体は痩せ衰えていった。

ただただ気概だけで生きているような毎日で、ふと気が抜けたときなど何もないところで、つまずいたりよろけたりすることもあった。ふらつく足がもつれて転び、大事な薬瓶を割ってしまったこともあった。粉々に散ったガラスの破片が張りつめた神経に刺さるようだった。初めから長期入院と告げられていた牧子だけでなく、健の入院も長引いた。

母親と園長、二重の生活を続けるには限界があった。

「我が子がどうなろうと、園児たちを守ることが取るべき道だ」

それが正子の選択だった。我が子への母心と、園児と母親たちへの責任感と愛情の板挟みの果てに、正子は園長であることを優先させた。そして自分を頼りにしている子たちのために力を尽くす決心で、私立都島保育所を戦時保育所に切り替えた。

園の子どもたちを守ることに自分を注ぎ込んでいる中、入院中の牧子と健の容体が悪化した。三年にわたる闘病の甲斐無く一九四五（昭和二十）年一月に長女牧子が、二月に長男健が相次いで亡くなった。

たとえ園児を守ることを第一義にしたとはいえ、二人の我が子を思わぬときはなかった。正子は胸が引き裂かれるとはこういうことかと知った。悲しみは痛いものだと知った。胸も肺も体中に涙がたまって呼吸ができないようだった。けれど正子の目からは一粒の涙も溢れなかった。母親として二人にしてやれることが、もっとあったのではないか。それができていれば、子どもたちは病苦に苛《さいな》まれることも、命を落とすこともなかったかもしれない。正子は痛みの中で自分を責めた。なんと悪い母親だったのだろうかと、自分を責める思いは尽きることがなかった。夫賀盛はただただ何も言わず壁を見つめて過ごしていた。子煩悩な賀盛の寂しそうな顔に、また自分を責めた。その後悔と自責の念が正子に泣くことを許さなかった。

「あんな思いをする母親を増やしてはならない。子どもたちの生命を守らねばならない」。

決して消えることのない痛みと悲しみが、生活を守る闘いへの情熱を一層熱く強くした。

# 第三章　ヒューマニズムの原点

# 第四章　ＧＨＱと共同戦線

「子どもたちの生命を守るためにお米をください」という直談判がGHQの幹部に聞き入れられた体験は大きな自信となり、正子の生来の才と気質を開花させた。名も力もない主婦であっても自らの意思で行動する自由があり、責任を担っている。民主精神が認められた今、生活を守り、子どもの生命を守るのは、他の誰でもない自分たち主婦なのだと、腹の底から熱い力が湧いてきた。

一九四七(昭和二十二)年の初め、鴻池主婦の会と日本主婦の会の活動に奔走する正子のもとに、物価庁大阪事務所から面会を求める再三の呼び出しがあった。何用かと訪ねていくと、総務部長の牧丘と課長の田村という二人の人物が正子を出迎えた。

「比嘉さんたちの物価引き下げ運動のご活躍ぶり、新聞で読むたびに感服しております。国家のため、国民のために、ほんとうにありがたいことです」

牧丘の褒め言葉に正子は穴があったら入りたいほど恐縮した。主婦の会への高い評価はありがたいが、国家国民のためなどの大義は正子たちの意識とは程遠かった。

「それで、一体どのようなご用件でしょうか」

終戦後、役人の値打ちが下がり、役所の援助を受けたり協力したりすると悪評を買う世の風潮と、二つの主婦の会と家のことで手いっぱいな状況に、さっさと退散したいという気持ちがあった。

「実は、軍政部から『闇物価、闇市の粛正をせよ』と命令が出ておりまして…」

闇業者の横行は政府の手に負えぬほどで役人たちはその対策に四苦八苦していると、牧丘は悩みの深さを打ち明けた。その正直な話しぶりに、役所への協力など真っ平ごめんと決め込んでいた正子の心が動き始めた。

「これは秘密文書ですが、見てください」

一瞬のためらいを見せた後、思い切りをつけた表情で牧丘は正子に、「㊙」と赤い印が押された文書を示した。『連合国軍最高司令官総司令部指令書』という文字が見えた。読んでもいいのかと目で問う正子に牧丘は黙ってうなずいてみせた。

すがるような目で見つめる牧丘を前に正子は、一行一行、確かめるように読み進んだ。一言で言えば「闇業者撲滅の国民運動を起こせ」という指令書だった。婦人団体、青年学生団体、労働団体、文化団体、学識経験者を組織に迎えて、強力な国民運動で闇市、闇値を撲滅せよとあった。資料を読み終わり顔を上げると、牧丘が打ち明け話の続きを始めた。

「ここにおります田村が、先日、そこにある労働団体への協力要請をと、学生時代の友人に頼みに行ったのですが、我が労働組合が役所の手先になるのはごめんだと断られてしまいまして、肩を落として帰ってきました」

牧丘の隣で話を聞きながらまた肩を落とす田村の姿に正子はなんだか気の毒になってきた。どうしたものかと首をひねると、物価庁の部屋に通じる廊下をうろうろする学生たちの姿が目に入った。

「あれはなんですか」

「ああ、あれですね。軍政部がやかましいので、ヤミ退治のビラ配りを頼む学生アルバイトを集めているんです。苦肉の策ですよ」

牧丘は苦笑した。

「ご苦心なさってますね」

この人は腹を割って話をしてくれていると思った。

「先ほども申しあげましたが、比嘉さんたちの物価引き下げ運動のご活躍ぶり、新聞で読むたびに感服しております」

牧丘からも、隣でその一言一言に同意を示す田村からも、口先の世辞を言っているようには思えない誠実さが感じられる。

闇業者撲滅は正子たち主婦の会にとっても異論のない活動だ。正子は二人の顔から、机の上の文書に記された『連合国軍最高司令官総司令部指令書』の文字に視線を移した。ＧＨＱ、今の日本の最高権力。相手の同意無しに物事を決めて実行できる力。その最高権力が闇業者撲滅を求めている。

横行する闇業者、正子たちには、それに対抗していく強い力が必要だった。

「これはＧＨＱの権力を主婦の会の力に変えるチャンスじゃないか」という自分の声が正子の頭の中で響いた。

正子の表情に何かを感じとったのか、

「軍政部からの指令遂行のために、そのご活躍の力を物価庁は必要としているのです」

牧丘が上体を正子の方に傾け、まっすぐに目を合わせてそう言った。

「分かりました。ご協力いたします」

まっすぐな牧丘の目を見つめて、正子は言った。

正子にとっての闘いは、解決すべき問題に立ち向かうことだった。闘うべき相手は人ではなく、変えるべき現実だった。役所の援助を受けたり役所に協力したりすれば悪評を買う世相であったが、正子は官民一体で闇市闇値を粛正し、物価を引き下げ、庶民の生活を守る運動の旗手となった。

政府の手に負えない問題に、自分たち普通のおかみさんたちが立ち向かっていく。困難の山が待ち受けているのは目に見えていたが、誰かがやらねばならない。おかみさんたちだからこそ、できることもあるのだと、共に闘ってきた同志たちの顔を思い浮かべて自分を鼓舞した。

「私たちの運動が、闇業者たちにとって、物価庁が攻撃の狼煙《のろし》をあげたととられる、そういう事態もあるかと思いますが」

一筋縄ではいかない激しい闘いになることを思い、牧丘に覚悟を聞いた。

「どうぞ、思い切り攻撃してください」

牧丘の目が鋭く光った。

「お役人の指示を受けたくありませんが」

「自主的にやってくださって結構です。裏方となって全力で援助させてもらいます」

「GHQの言いなりにもなりませんよ。GHQの要請から始まったことですが、やると決めた限りは自分たちの運動だという考えで行います。自分たちの意思で行動するのですから、たとえGHQであっても言いなりにはなりません」

戦争に敗れ、主権を失っている日本にあっても、自分の意思を放棄しないのだという強い決意が正子の中にはあった。敗戦国日本の、何の力もない主婦に過ぎない自分だが、従属ではなく対等なところに立つという人としての尊厳、誇りを捨てはしないのだという強い気概があった。

「あくまでも比嘉さんたちの自主性を尊重します」

正子の決意を牧丘は受け止めた。正子も牧丘の本気を確信した。

「その資料にある労働団体候補は総同盟だけのようですが、産別会議は入れなくていいのですか」

「参加してくれるでしょうか」

正子の問いに牧丘は首をひねった。

牧丘の資料にあった『日本労働組合総同盟』と正子が口にした『産別会議』は、どちらも全国の労働組合を束ねる中央組織だったが、加盟組合の思想や性格が異なり、対立的と言ってもよかった。しかし正子はこのとき、そんなことは知らず、婦人団体が二つも三つもあるのと同じくらいに思っていた。婦人団体が婦人のために働くように労働団体は労働者のために働く。目的を同じくする組織同士が共通の目的のために協力することに何ら不思議はない。

「どうでしょう、一度、私から打診してみましょうか」

躊躇のない正子の言葉に牧丘も了承した。正子は物価庁を後にすると、すぐに産別会議の中谷秀男を訪ねた。

「先日の食糧メーデーでの物価引き下げ運動実行の決議はどこに追いやりましたか」

中谷と差し向かうや、正子はいきなり切り込んだ。

「やるつもりではあるが、ストや賃上げ闘争で忙しいのですよ。手が空き次第、やるつもりです」

「手が空き次第では、国民は飢えてしまいますよ」

さらに切り込んでいく。

「労働団体も決議次第、実行しますよ」

中谷の返答が明確な意思を表す言葉遣いへと変わった。

「日本主婦の会と一緒にやりませんか」

「一緒にやることは大いに賛成です」

たたみかけるように持ちかけられた誘いに中谷は賛意を口にした。

「物価庁でも一大国民運動を起こすようですが、物価庁と一緒でもおやりになりますか」

正子は話の核心に向けて真っすぐに進んでいく。

「協力するしないは役人によりけりですよ」

中谷も率直に答えた。

正子は物価庁での牧丘と田村との話し合いの内容をかいつまんで説明し、中谷の渋面が和らいだところで「一度、そのお役人に会ってみませんか」と提案し、彼は快諾した。

次の日、中谷の快諾を持って牧丘、田村を訪ねた。快諾への話し合いについて、そのときの様子も交えて詳しく報告したところ、「来ていただくのは失礼にあたります。私たちが出かけましょう」と、牧丘が言った。民間団体への呼びかけに際して自ら足を運ぶという言葉に、戦前、戦時には特権を振りかざして、何につけても人を呼びつけてきた役人気質は微塵《みじん》も感じられなかった。ここにも時代の変化を感じ、それを自然に行う牧丘、田村という二人の役人、二人の人物のことを正子はますます好きになった。翌日、正子は牧丘、田村両名に付いて中谷を再訪した。

「役人が考えておられるように、国民運動を起こしたとて、すぐにヤミを無くすことはできないですね」

中谷は第一声、そう言い放った。牧丘は承知の上ですというようにゆっくりと首を縦に振った。「その現実を変えていくためには力を合わせていくんだよ」と心の中で言いながら、正子は様子を見守った。と、そこになんと、総同盟の文化部長、大下義治が姿を現した。これはちょうどよいと大下にも参加してもらい皆での議論を始めた。

「国民運動を起こしてもおいそれとヤミは無くならないでしょうが、だからと言って、国民の飢え寸前の食生活を手をこまねいて見ているわけにもいかないでしょう。ＰＲと世論喚起の役割は果たすことができると思います」

小さな一歩であっても、今自分たちにできることがあるのならそれをすべきだと主張する正子に、

「それは大いにありますね」

大下は賛同した。

「それくらいの目的なら果たせるが、大きな期待をかけられては困る」

少し渋りながらも中谷も同意した。

「世論に訴えるということで見解を一致させて、どうぞお願いします」

大下、中谷両名の顔を見比べながら正子は様子をうかがう。

戦後の労働運動を二分する勢力が面と向かって話し合う場でも、正子は臆することはなかった。生活者を飢えから救う。その目的のためにできる協力を拒む理由など正子には見つからなかった。正しいと信じることを行う、それしかないのだ。その思いは誰を前にしても揺

るがない。

幸いに三者の意見が一致した。組織が整うまで物価庁で事務作業をすると、具体的な進め方まで話が決まった。

「物価引き下げを目指す、総同盟、産別会議、物価庁、日本主婦の会の四者会談が成功を収めた」と正子は手帳に記した。そして「大同団結」と書き添えた。一つの目的のために立場を異にするものたちが力を合わせる、これこそが民主精神で前に進む力だとペンを握りしめた。

牧丘と田村はこの迅速な展開を驚き、喜んだ。大喜びする二人を前に正子は、さて、次は…と考えていた。情熱のまま一人で突っ走ってきて、二つの主婦の会へ打診もしていなかったのだ。正子は飛ぶように帰った。

四者会談成功までのいきさつを、その場の様子も交えながら詳しく説明する正子の話に、皆、熱心に耳を傾けた。そして日本主婦の会も、鴻池の主婦の会も、国民運動に参加することを円滑に決議した。二つの主婦の会の仲間たちの快い賛同を受けて、正子は心底ほっとした。

一気呵成《かせい》に発足させた『闇値切り崩し消費者連盟』は、早速、物価庁内においた事務所で組織づくりに取りかかった。総同盟、産別会議、物価庁、日本主婦の会。それぞれに信念と実績、自負心を持つ組織が、闇値と闇市撲滅へのＰＲと世論喚起という大きな目標に向けて組織づくりを始めた。

幹事長に産別会議の中谷秀男、副幹事長には総同盟の大下義治が、比嘉正子を含む日本主婦の会の幹部三名と青年学生二団体から各一人の計五名が幹事に就いた。さらに多様な組織の共同を前に運動方針も固めた。そして闇値切り崩し消費者連盟は動き出した。

戦争終結から丸二年を迎えようとするこの一九四七（昭和二十二）年七月、米の遅配は二十日間に及んだ。連盟は闇市への横流しを疑い、闇値の高騰を制しようと「ヤミ値をぶっつぶせ」と謳《うた》ったビラを大阪市内の梅田、難波、上六、阿倍野のターミナルで配った。二十八日には梅田の阪神百貨店前の歩道に同じ謳い文句のパネルを展示した。

さらに大阪市水産課の課長が、質が悪いので肥料に回すという出汁じゃこを、正子は連盟のもう一人の幹事である日本主婦の会の馬場チミと二人で、

「牛や馬が食べるとうもろこしや、豆粕まで食べて食いつないでいる私たちには、赤茶けたくらいの出汁じゃこは上等の食べものです。お役所は質の悪い品物を配給できないかもしれませんが、私たちなら平気です。悪評は私たちにかかりますから」

と交渉し、学校の講堂ほどの広さの倉庫にぎっしりと積み上げられた出汁じゃこすべての払い下げの約束を取り付けた。

約束を取り付けると、すぐさま、梅田の阪神百貨店前で出汁じゃこの街頭廉売をするという情報を各新聞社に流した。『百匁（375g）三十六円で、一人百匁まで販売』という新聞のニュースに、翌日、売り出し初日の早朝から、買い物かごを持った主婦たちの列が阪神百貨店の周囲を何重にも取り巻いた。

乗客が地下の改札に下りていけないという阪神電車の係員からの苦情に頭を下げ、押し合う客たちにけが人が出ないよう売り子になったおかみさんたちが走り回りながら、トラックいっぱい詰め込んできた出汁じゃこの山を売りさばいた。

その日の各新聞社の夕刊を出汁じゃこ売りの写真入りの記事が飾った。翌朝になると大阪市北区にある毎日新聞社のウインドウに大写しの写真が貼り出され、道行く人々の目を引いた。正子たち闇値切り崩し消費者連盟の働きが広く知られたことで、正子たちに協力を申し込む商人たちが現れた。闇物資が横行する中で、こういう善良な商人たちがいたのだと正子は心を強くした。

出汁じゃこ廉売は、闇値切り崩し運動の追い風となった。米一升二円二十銭が一円八十銭に、押し麦一升一円二十五銭が八十五銭に、小麦粉一升五円五十銭が五円にと、物の値が下がり始め、『下がる下がるヤミ値』と新聞の見出しになった。

勢いを得た正子たちの関心は牛肉価格の高騰ぶりへと向かった。

公定価格の百匁四十円の肉など、どこを探しても売っておらず、肉屋の店先に並んでいるのは一等二百円、二等百七十円、並肉百六十円が相場だった。育ち盛りの子どもたち、戦地で疲弊してきた夫や息子たちに食べさせたいと思っても、庶民は店頭を横目でちらりと見るだけでさっさと素通りするしかなかった。正子たちは出汁じゃこに続けて、牛肉の廉売に取りかかった。

チミが農民組合に呼びかけて大阪市の野江にある食肉処理場に仕入れ交渉に出かけ、正子は販売の準備に取りかかった。梅田での廉売当日、早朝から長蛇の列ができた。竹の皮で包んだ牛肉百匁一包みと、代金と整理券とを引き換えて一つ一つ手渡すやり方で、売り場のやり取りは円滑に進んだ。行列に横から割り込む人が現れてトラブルが起こったが、前もって配っておいた整理券で悶着《もんちゃく》は難なく治まった。出汁じゃこ廉売での経験が生きたと思いながら、正子はさらなる工夫の種を探しつつ、うれしそうに牛肉の包みを受け取る客たちと言葉を交わした。

百匁七十円と公定価格よりは高かったが、それでも牛肉店の並肉の半値以下の肉は、飛ぶように売れた。品物が半分程になったとき、どこから現れたのか屈強な体躯《たいく》の男が木箱の上に立って大声で演説を始めた。ロースとおぼしき上質な牛肉を刺した肉切り包丁を掲げて大声をあげる男の出現に、行列の主婦たちは身を縮めた。

「皆さん、わしが持ってるこの肉がほんまもんの牛肉や。こんな牛肉を七十円で売るなら、ほんまにこの人らが言うとおり、ヤミ値切り崩しだ。せやけど、この人らが売っとるのは、ほんまもんの肉やありまへん。馬肉だ」

肉切り包丁を突き上げて野太い声でがなりたてる男から離れようと、主婦たちの列がじりじりとうねる。売っている正子たちも行列に並ぶ主婦たちも咳払い一つせず、男の挙動を横目でちらちらと見続ける。

「わしの言うことに文句のある人は出てこい。ウソやと思うなら、その竹の皮を開いて見なはれ、馬肉を売っとるんや」

正子はがたがた震える足を踏ん張って売り続けた。肉を受け渡しする正子と客の手は小刻みに震えていた。チミたちも同じだった。正子は人さし指を口に当て、皆に「何も言うな」と合図した。唇に当たった指が冷たかった。水を打ったように静まり返った中、女たちは黙々と牛肉の売り買いをしている。静かさが男のがなり声を吸い込んでいった。緊迫した状況でも肉を買うために並び続ける主婦たちに力づけられて仕事に集中していたら、男はいつの間にかいなくなっていた。

物騒な状況を切り抜けたとほっとしたのも束の間、安心したら今度は逆に、あの男が言ったことがもし本当だったらと不安になった。男が消えた後、「牛肉ですか」と問う客に、自信を持って「はい」ときっぱり答えられなかった。「農民組合の品ですから、馬肉ではないと思います」と、自分たちに言える精いっぱいの返事をするしかなかった。「馬肉でも結構です。馬肉でもご馳走です」と言ってくれる人も、「馬肉のようなんで、やめときます」と返してくる人もいた。それでも食糧難の折、買う人の方が多く、夕方までに牛肉は売り切れてしまった。

とにもかくにも、やれやれと売り上げの勘定をしているところへ警官が現れ、牛肉を騙《かた》って馬肉を売っているかどで、警察署まで来るようにと告げて立ち去った。後片付けをしていた会員たちが青い顔をして、正子とチミを囲んだ。

「馬肉やったら、仕入れたわての責任です。わてが引っぱられてきますがな。心配せんときなさい」

男装の麗人を思わせるチミが、何てことはないという口調で皆を元気づけていると、行列整備を受けもっていた青年たちが、「衛生試験所で調べてもらいましょう」と肉の切れ端を手に駆けて行った。牛肉でありますようにと祈りながら待つこと二時間余り。彼らが牛肉であるという証明書を手に晴れ晴れとした表情で帰ってきた。

騒動は無事治まったが波紋は大きかった。包丁騒ぎに会員の家族たちが心配して運動をやめるように要望した。正子たちは次々と行動を起こして進み続けることで、会員たちを鼓舞した。

障害は多く、時には失敗に打ちひしがれる闇値切り崩し運動だったが、連盟の仲間や協力してくれる商人、運動に期待を寄せて支持するおかみさんたちも増えていき、ＰＲと世論喚起という連盟発足の目的を徐々に果たしていった。

一九四七(昭和二十二)年の春先、闇値切り崩し消費者連盟のその働きを、ＧＨＱのマッカーサー元帥が公に評価した。もともとこの連盟は、ＧＨＱからの「闇物価、闇市の粛正をせよ」という政府への指示に端を発したものだった。

「大阪の労働者諸君が経済安定のために闇値と闇市撲滅に立ち上がった。その勇気と行動を激賞する」

マッカーサー元帥のメッセージがラジオ放送や新聞報道で伝えられた。物価庁の牧丘や田村や、主婦の会のおかみさんたちは喜んだ。絶好のチャンスと闇値切り崩し運動を大阪から全国へと浸透させる企画をたて、物価庁も予算を組んだ。ところが、この盛り上がりの中で苦汁を飲んだ人物がいた。連盟の幹事長を務める中谷秀男だった。

中谷は産別会議の議長だった。産別会議は共産党支持者が多い労働組合の中央組織だ。GHQの最高司令官マッカーサー元帥から激賞を受けるというのはけして名誉ではなかった。折しも少し前の、一九四七（昭和二十二）年一月三十一日、マッカーサー元帥の声明によって、翌日決行のゼネストが急きょ中止になるという事態があった。労働運動家の自負を持つ中谷にとって、GHQからの称賛は不名誉であり屈辱的ですらあった。一方、連盟の運動意義そのものは彼にも同意出来るものだった。正子は、中谷の言動や様子に、二つの相反する思いを抱えるジレンマを感じ取った。中谷からは何とか口実を見つけてこの運動から手を引きたいという苦慮が滲み出ていたのだ。

◇

果たして一年程後の一九四八（昭和二十三）年の春、中谷は、彼の明快な理論に心酔した青年たちと共に、闇値切り崩し消費者連盟を去った。中谷の撤退は、闇値切り崩し消費者連盟の実質的な解散を意味した。

物価庁の牧丘との合意の上で、正子は婦人たちだけで闇値切り崩し運動を続けることにした。運動の母体は、チミを会長、正子を副会長とする『大阪主婦の会』だった。

実は、この年の一月に、正子とチミ、そして鴻池主婦の会は日本主婦の会を脱退し、大阪主婦の会として闇値切り崩し消費者連盟に参加していた。前年の師走、血気にはやった闇値切り崩し消費者連盟に参加する青年たちが、企業の隠匿物資摘発の騒動を起こし、そのとばっちりで、日本主婦の会の中で、正子とチミ二名の除名処分騒動が起こった。事の真相も確かめず一方的に二人の除名を決めた幹部たちのやり方に憤ったウタが、二人を吊るし上げる会場で、

「労働団体、青年団体、婦人団体と思想やらが違う団体が、闇値切り崩しという一つの目的に力を合わせて闘おうと言うて作ったんが、闇値切り崩し消費者連盟。それを分かった上で、日本主婦の会も参加すると決めたんやおまへんか。それを今さら、誰それとの共闘は問題やなんて、よう言いなさるな。それに今度の騒動にしても、比嘉さんらは一切関わってまへん。それをよう調べもせんと欠席裁判をして除名処分と決めて、本人に伝える前に新聞で発表しなさったんか。あんさんらのような、そそっかしいお人らとは、今後一緒に活動はできまへん。こっちから、日本主婦の会を脱退します」

と啖呵《たんか》を切り、続いてチミも、自身が率いる大阪市大淀区の婦人団体とともに脱退すると宣言した。そしてすぐさま、正子の家に集まり今後について話し合った。

「家の中に引っ込んでた女たちが、自分らの生活は自分らで良うしていかんならん、自分ら

がしっかりせんならんと、わてらは社会運動をしとるんやおまへんか。これからどんどん進んで行くんか、鴻池の田舎にくすぶってるんか、皆さんの決意一つだす。脱退した日本主婦の会かって、実際のところは、わてらが行って作ったんやおまへんか。汗をかいて動いたんは、インテリの幹部のお方らやのうて、わてらでしたんや。ここで止められまっか」

ウタの熱弁に、一同は決意を新たに主婦の会を日本中に広げていく意気に燃えた。不本意にも騒動の引き金となった正子は無言を通したが、自分の思いそのままのウタの弁に胸が熱くなった。チミにも呼びかけた。チミは日本一の婦人組織を作ろうと正子たちに共鳴した。小さな意見の違いはあっても、大きな立場に立って力を合わせましょうと、広い地域の主婦たちによる新たな主婦の会を築いていく基礎ができた。

日本主婦の会を脱退した同月、一九四八(昭和二十三)年一月、新年会を兼ねてチミ宅で創立総会を開いた。大淀地区に強固な勢力をもつチミと、大阪の中河内一帯を地盤にするウタと正子が中心になって『大阪主婦の会』が始動した。

闇値切り崩し運動の母体となって数か月、新緑が目に鮮やかになった頃、正子たち大阪主婦の会は牛肉の不買運動に乗り出した。

日本で前例のない不買運動は冒険だった。日本で初めての不買運動が失敗に終われば、大阪主婦の会の今後に与える打撃は大きい。法外な闇値に対して「不買という抵抗手段があるぞ」と突きつけたものの、闇値を切り崩すことができなかったらどうなるか。失望だけが残り、今後の戦意喪失も免れない。万が一、一軒でも値下げすれば幸い、新聞で報道されて連鎖反応も起こるかもしれないというのが掛け値なしの予測だった。三十名程の役員による会議は、積極派と慎重派の議論が続いた。

「比嘉さん、どうして黙っているのです。あなたの意見はどうなのですか」

戦術の思案にはまりこんでいた正子は、その声にはっと我に返った。

「私は賛成ですよ。皆で力を合わせればできますよ。知恵を絞って、戦術、企画、ＰＲをうまくやれば成功します。私に作戦の立案を任せてください」

迷いのない正子の返事がこの議論に決着をつけ、不買運動決行が決まった。

『インフレに喘ぐ勤労者のただ一つのたんぱく源である牛肉が、公定価格四十円なのに、二百五十円というとてつもない高値で売られている。最高百五十円、並肉百円の値段が妥当である。この妥当な値段に値下げすることを要求する。もし聞き入れられなければ不買ストを実施する』

正子は早速に不買運動決行に関する声明書を書き上げ、業者、関係官庁、各新聞社に送った。

一九四八（昭和二十三）年七月十日午前十時、大阪市役所で大阪精肉商業協働組合理事長、荒川伸三との交渉が行われた。大阪主婦の会から正子とチミを含む幹事十九名が臨んだ。物価監視役である物価庁大阪事務所の総務部長、高村（牧丘の後継者）と、前々から闇値切り崩し運動に協力してくれている大阪市公聴課の課長、野呂にオブザーバーとして参加を願った。これは公の事案であると、交渉に箔《はく》をつけようという正子の計画だった。

正子たちは交渉のために、成牛一頭の価格、人件費、飼料費などのコスト、牛一頭から骨のついたままの枝肉、すじ肉、臓肉、牛骨、さらに皮革製品へと回る皮がどれくらい取れるのか、集められるだけ集めた資料から知識を詰め込んできた。にわか知識を頼りに冷や汗を隠して、綿密な調査で牛肉のことなら何でも知っておりますぞ、と堂にいった風で交渉を始めた。

「私たちの原価計算では上肉百五十円、並肉百円でけっこう採算がとれるはずです」

具体的な要望を提示したうえで、聞き入れられないのであれば消費者の武器である不買運動も辞さないと強い姿勢を示せば、

「公定価格四十円は実質が伴っていない。農林省の試算では百七十円から百四十円が実現可能と出ている。成牛には公定価格がなく、食肉にだけ公定価格がついている点に矛盾があるんですよ」

組合理事長の荒川は公定価格の制度が抱える問題点をもって反論。

「その矛盾は、あんさん方が農林省と交渉しなさることやおまへんか」

とおかみさんたちも切り返す。

「荒川さんは組合の責任者だっしゃろ。栄養失調の子どもらや勤労者の姿を見て、どない思わはりまっか。庶民も肉を食べられるように努力しておくれやす」

何と言われようと一歩も引くつもりはないというおかみさんたちの気迫に荒川は額に汗を滲ませ、とうとう
「一度帰って、他の役員や組合員とよく相談して、次回にお返事させていただく」

とその日の席を降りた。

七月十八日、二回目の話し合いが開かれた。

「あなたがたの要求は、話になりませんわ」

荒川が話し合いの口火を切った。

「小売り屋の頭の上に卸問屋がおります。卸値が高ければ小売りも高う売らんことには儲けが出まへん。儲けがないんでは商売になりまへん」

前回の話し合いで主婦たちの手強さを知った荒川は気を引き締めてきたようだ。自分たち小売業者だけを責めるのではなく、卸業者にも物申せと要求し、おかみさんたちがどれほど押しても動じない。

「卸屋の上に仲買人があり、その上に馬喰という斡旋《あっせん》業者があって、いろいろと経費がかさんでいくんですよ」

正子たちの注文が無理難題であることを主張する。

正子たちが要求するのは正当な価格での販売だ。納得のいく店頭の価格を知るために流通ルートでのコストを理解する必要があるのなら、卸問屋や仲買人にこの交渉の席についても

らうことが望ましい。今後の消費者運動のためにも流通システムを勉強するよい機会だ。正子たちは次回の話し合いへの卸問屋と仲買人の参加を要求し、荒川も快諾した。

七月二十六日、卸問屋代表に大阪府食肉卸商業組合理事長の森本幸太郎、仲買人代表に西田正行の二名を加えて、前回、前々回と同じく大阪市役所で三回目の交渉が行われた。

「牛肉の高値は、成牛の価格が高いからで、私らが不当な利益を取ってるからやあらしまへん」

と、卸問屋代表の森本が言い、

「田舎から牛を買うには馬喰を通さなならんで、その手数料が高うつくんですわ。業界の仕組みが複雑にできてて、安う買うことができんのです」

と仲買人代表の西田がだめを押す。

時折交じる専門用語に話の分からないところもあるまま、正子たちは自分にできる話で交渉を続けた。

「それぞれに事情がおありのことは分かりました。しかし公定価格四十円は法で定められたもの。それが実情に即していないとはいえ、七倍近い高値は、やはり法外もいいところではないですか」

荒川、森本、西田の三名と順番に目を合わせながら正子は話す。

「牛肉業界で発言力も指導力も持つあなた方なのだから、この法外な闇値を適正な価格へと下げていくことは可能なはずだと思いますが」

業界の事情にも耳を傾けながら適正価格実現への努力を求める正子たちに森本が、

「荒川さん、西田さんと、三人でよう相談して返事するように努力しまっさ」

と言った。その言葉にチミが、

「努力するだけやのうて、いつから値下げをすると約束をしてください。あんさん方の手腕を天下に示すときでっせ。八月十日はどうだすか。今日から二週間、よう、お話し合いになる時間はありますやろ」

明確な約束を求めた。消費者と業者、それぞれの言い分を伝え合った後は実現可能な妥結点を見つけて実行するだけだ。

「そうですな。ほなら、奥さん方の要望どおり十日から値下げするように努力します」

森本が実行の日を口にした『努力します』という言葉が含む曖昧さが気がかりながらも、森本の言葉に
「ああ、これで不買ストをせずに済みました。もしも約束を違《たが》えたら不買ストをやりますよ」

と正子は念押しの言葉を送り、交渉を締めた。

会合直後、正子たちは、物価庁大阪事務所と大阪市公聴課からオブザーバーを招いた会合で業界のトップ三名から取りつけたと、約束の内容をメディアに流し、新聞やラジオは大々的に報道した。

八月十日、交渉に参加した幹部たちは主婦の会の黒電話を囲み、じっと待っていた。張りつめた空気を破って電話のベルが鳴った。今か今かと待っていた音に正子の肩がびくんと上がった。一度目のベルが鳴り終わる前にチミがひったくるように受話器を取った。

「もう一週間、待ってもらえまっか」

受話器を挟んでチミの頭に自分の頭をくっつける正子の耳に、開口一番、約束の先延ばしを頼む荒川の声が聞こえてきた。

「どういうことですか」

尋ねるチミに、

「努力しとるんですが、時間が必要なんですわ。それではよろしゅう頼んます」

と言い残して荒川は電話を切った。

チミはギュッと絞るように受話器を握るとフックに押しつけるように戻した。怒りで頬骨のあたりに赤みがさしている。正子も腹の底が沸々としてきた。集まった幹部たちを見ると、皆、怒りで顔がこわばっている。

「こうしていても仕方ない。荒川さんと会って話しましょう」

立ち上がりながら話す自分の声の低さに正子は、自分の憤りの激しさを知った。

ずらり並んで怒りに肩をそびやかしたおかみさんたちの熱気が、牛肉商業組合事務所の部屋に満ちていた。

「なぜ約束を守らへんのですか」

椅子に深く腰を沈めて胸を張る荒川に、皆を代表してチミが詰め寄る。

「守らんとは言うとりません。一週間待ってくださいと言うておるんです」

「あんさんは、わてらに不買をさせるんだすか」

「まあまあ、そないに怒らんでくださいよ。話になりまへんから」

「なんで、一週間待たななりまへんのや」

理由を問うと返事はない。

「約束を違えるなんて、それであんさん、責任者としての面目が立ちまっか。わてらが八月十日と決まった日まで世間に公表してることを知ってはりますやろ。約束不履行のときには不買をやるいうことも」

話すに連れてチミの声が高く固くなっていく。

「知っとります。せやから、一週間待ってくれと頼んでますんやがな」

「今日から実行しなはったら、その真価は高う評価されますのんに。残念だすな」

「わいらは、商売人だ」

「大阪商人のど根性がないんでっか」

双方、言葉の端々に感情が溢れ出しはじめた。

チミは、「不買運動をやるぞ、やるぞ」と懐に隠した刀を盛んにちらつかせた。正子は何とかしてこの交渉で値下げを実現させたかった。本当に不買運動に突入すれば、どれほどの重荷を背負うことになるか。正子は「強談判よりも粘り強くいく方がよい」と、チミの服の袖を引っぱって合図を送るのだが、彼女は正子の方を見向きもしない。

「一歩も後には引けまへんで」

と攻撃一本槍で荒川に詰め寄り、上気した顔で息巻いている。一方、荒川は落ち着き払って、のらりくらりとチミの追及をかわしている。こちらが「不買運動をやるぞ」とちらつかせれば、相手は「やるならやってみろ」と言わんばかりの態度で応える。チミはとうとう感情を爆発させてしまい、

「よろしおます。わてらの子どもや夫に、せめて一切れの牛肉でも食べさせたいという切なる願いを、あんさん方は聞き入れへん。そやったら、わてらは明日から不買ストをやらしてもらいます」

こうなっては、こちらももう後戻りはできない。海外での事例を参考に、前例のない不買運動を実行する。実行する限りは成功させなければならない。軌道に乗りかけた闇値切り崩し運動だけでなく、大阪主婦の会の今後を左右する大仕事だと、正子は胃の辺りがキュッとなった。

「さあ、皆さん、長居は無用だす」

荒川に背を向けたチミを先頭に皆は、大阪市の公聴課へと引き揚げた。道々、興奮気味に憤りや悔しさをぶちまける皆の言葉にも、何が何でも不買運動を成功させなければという悲壮

な思いが滲んでいた。正子は、万が一交渉が決裂したときのことを考慮して、不買運動のプログラムを準備していた。ただ、資金の用意がゼロという点を除いては。血気づいて話す仲間たちの姿を前に、「決戦の火ぶたは切られたのだ。心配するよりも実行してみることだ」と腹をくくった。

その日の内に、正子たちは公聴課の事務所で夜を徹して、不買運動突入の声明書のガリ版刷りに汗を流した。文案は正子の頭の中にあった。

《声明書》

去る七月二十六日、大阪市役所に於いて小売業代表荒川伸三、卸商代表森本幸太郎、仲買人代表西田正行と大阪主婦の会の代表の間で牛肉値下げ交渉の結果、業者側の発言により、百匁百五十円一本建てとし、十日より実施することを約束したにもかかわらず、当日になって約束を履行せず、さらに一週間の延期方を申し出た。この真意を検討した結果、業者側代表の努力と誠意が認められず、やむを得ずわれわれは不買ストをせざるを得なくなりました。

来る十六日、七日の両日を第一期とし裏面記載の目標によって波状的に不買ストに入ります。消費者の皆様の絶大なるご協力をお願い致します。

昭和二十三年八月十日

＊裏面＊

〔目的〕消費者の団結によって最高値を百匁百五十円まで下げよう！

（第一期）　八月十六・十七日

（第二期）　八月二十・二十一日

（第三期）　八月二十五・二十六日

（第四期）　八月二十九・三十日

（第五期以降）　随時決行

〔協力団体〕家庭婦人連盟　新日本婦人協会　勤労婦人連盟　産別会議
新日本婦人連盟総同盟　大阪女性文化の会　日労会議　新生婦人会　大官公労

刷り上がったビラを見ると迫力がなかった。声明書に迫力がなければ訴える力もない。正子はつくづく金のない悲哀を感じた。しかし金がなくともやるしかない。なんとかしていくのだと覚悟を決めて始めたことだ。なんとか手直しできないものだろうかと市の公聴課に相談すると、赤インキで大きく横流しに『牛肉不買スト』と入れなさいと助言をもらった。なるほどと思う一方で過激な印象が心配で、懇意にしている新聞記者たちに意見を聞くと、ストライキが盛んに行われる時流に乗っていて大衆に受けると言うので安心した。鉄筆で書いたガリ版文字の上を、右上から左下へと大胆に、赤インキで『牛肉不買スト』と太いゴシック体に似た文字で重ね塗りをしてみたところ、迫力のあるビラが出来上がった。まずまずと思える出来栄えだった。早速翌日から、各団体や新聞社に発送したり、街頭で配布したりと活動を開始した。

八月十六日の朝、正子たちは大阪市役所の玄関から市から借りた公聴車に乗り込み、牛肉最高値の大阪市南区に向かった。時代遅れのワンピースに下駄履き、麦わら帽子と服装を揃えた皆の表情は、勝つまで闘い抜くぞという意気込みで引き締まっている。

世論喚起の効果を上げるために、人出の多い所を狙うというのが正子の計画だった。狙い所は、難波高島屋と心斎橋大丸の牛肉売り場と、心斎橋筋の十軒の精肉店と定めている。高島屋百貨店の前で公聴車を降り、正子が組んだ四つのアクションプランを実行すべく四班に分かれて行動を開始した。各班の行動は次のとおりである。

○第一班＝的と定めた各店頭で不買運動への協力を呼びかける。
○第二班＝闇値切り崩し価格のモデルとして街頭廉売を行う。
○第三班＝宣伝活動を行う。
○第四班＝精肉店との価格引き下げの直接交渉。

正子とチミは第四班で、いわば泣き落とし作戦に打って出た。一回目から三回目まで交渉の成り行きについて具体的に話す正子たちに、店主たちは驚くほど理解があった。店主たちの物分かりの良さに触れるたび、荒川たちの態度を思い出して腹が立った。が、価格引き下げ交渉の成立が一軒また一軒と重なることが不買運動成功への自信となり、これからの闘いへの力となった。

百貨店の華やかなショーウインドウに連なって賑やかな店が並び、流行のファッションや洗練された装いに身を包んだ人が行き交う心斎橋に出現した、流行遅れのワンピースに下駄や草履を履いて、麦わら帽子をかぶった主婦たちの集団。『牛肉不買スト』と書いた襷《たすき》を斜めにかけて、手に手にビラを持ち、「不買で牛肉の価格引き下げを！」と声を張り上げる姿は道行く人たちの好奇心を刺激し、ビラを受け取って関心を示した人たちの共感を呼んだ。さらに新聞も写真入りで報道し、世論喚起に大きく一役買った。

不買運動初日から三日目で、『値下げ断行、大勉強サービス！　一等肉百四十円　上並肉百二十円』と大きく書いた看板を店先に立てる牛肉店がぽつりぽつりと現れた。メディアは不買運動当日後も、正子たちが貼った『牛肉不買スト』『百五十円になるまで買うな』と訴えるビラを取りあげて報道を続け、世論はますます高まりをみせ、値下げした相場が大阪全市に広がっていった。

長期戦になることも覚悟して、まずは八月いっぱいまでの不買運動の計画を立てていたが、報道の力も借りての反響で最初の二日間で効果があった。二百円から百八十円の高値を掲げた肉屋はいずれも開店休業の寂しさだった。

「やりましたなあ」

「こないに早うに成果が出るとは、うれしおます」

ロース百匁百五十円で消費者の手に入るようになった。正子たちが不買運動の手応えを噛み締め始めた矢先、公定価格が百七十円に値上げされることになった。牛肉販売価格引き下げのために、ただならぬ覚悟でなりふり構わず推し進めてきた牛肉不買運動の努力の成果に水を差されたのだ。ラジオニュースでそれを知った正子たちは、すぐさま不買運動を停止して緊急役員会議を開いた。

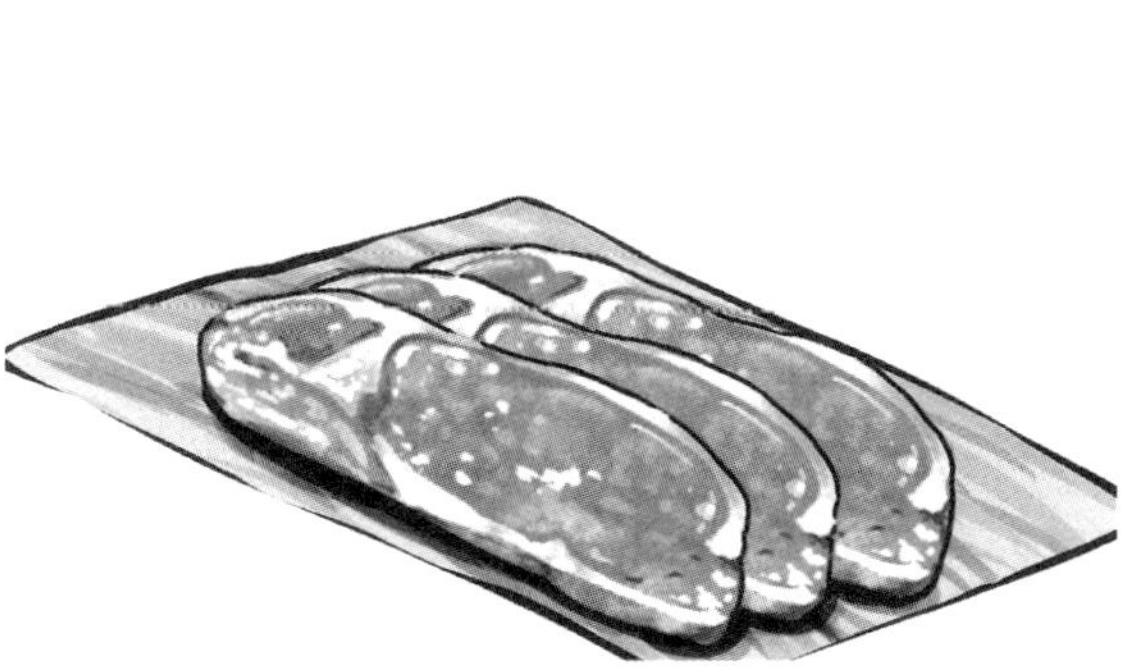

# 第五章　対等な関係のＧＨＱ

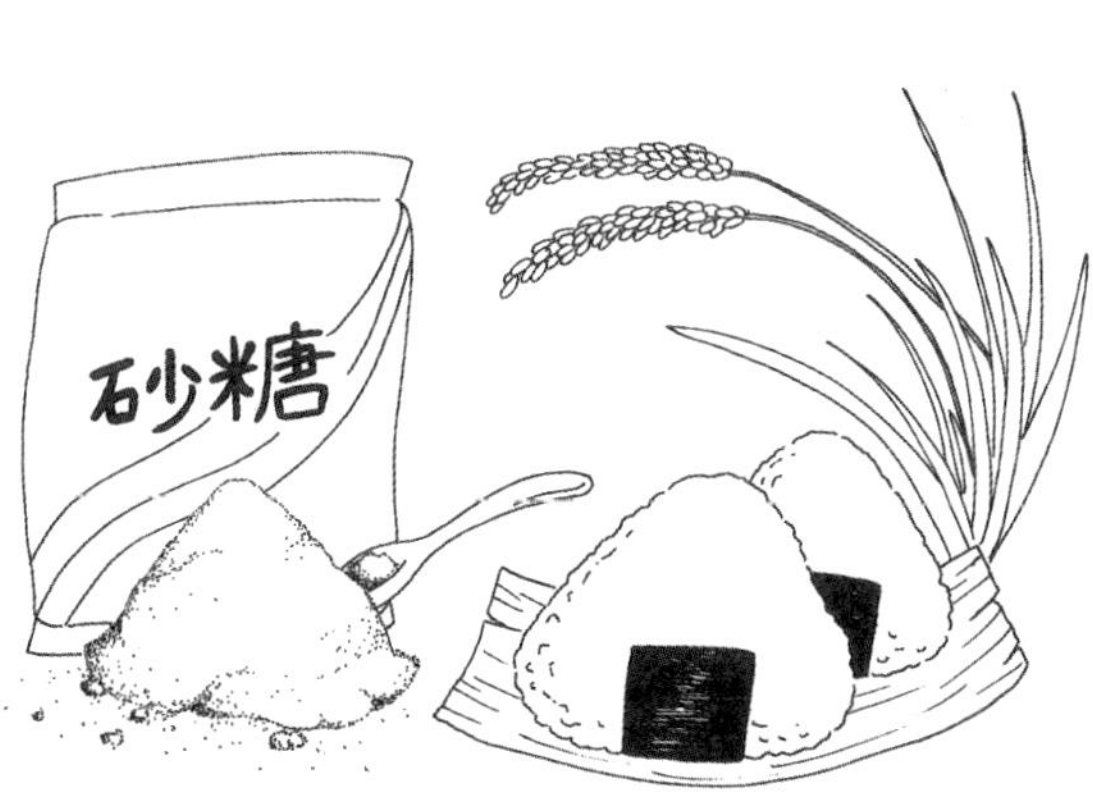

「わてら、物価庁にだまされた」

「業界のうちうちでは、このこと知っとって、百五十円の安値で売んのもちょっとの間のことやと、たかをくってたんちゃいますやろか」

「政府の物価安定推進なんかインチキやおまへんか」

「なんのことはない、値上げの張本人は政府ですがな」

「闘う相手は業者やあらへん、政府でんがな」

「もう、この不買運動はやめや、おしまいだす」

集まった役員たちはこみあげる感情をぶちまけた。

もしも失敗したら軌道に乗り始めた消費者運動の今後、それどころか大阪主婦の会の行く末にも関わる。それでも闇値切り崩しのために不買運動にかけてみよう。自分たち主婦の手で生活を守ろう。実践する婦人会にしようと決めた大阪主婦の会だ、この日本で誰もしたことのない不買運動を何が何でも成功させよう。日本の消費者運動の先陣を切ろう、と悲壮な覚悟でやってきた。その思いの強さがそのまま憤りの強さになっていた。

役員会に出席していた物価庁大阪事務所の高村は必死だった。

「そうです、そのとおりです。皆さんのお怒りはもっともです。しかし、ここで匙《さじ》を投げてしまえば、皆さんの努力は水の泡です。そこで」

おかみさんたちの間を泳いでいた高村の視線が正子に止まった。横目がちに正子の顔色をうかがうような目つきだ。

「比嘉さんを東京の物価庁に派遣してはどうですか」

その言葉に正子は高村の顔をまじまじと見た。正面から目を合わさない相手に「この古狸のお役人、何を言う？　あなたも政府の手先ではないか」と頭に浮かんだ言葉をぐっと飲み込んで、

「誰が行くもんですか。もう、ごめんですよ」

きっぱり断った。すると主婦の会の役員の一人が悲壮な声で、

「高村部長さんがおっしゃってくださるのやし、東京でぶちまくってくれんと、わてらのこの腹の虫が収まりまへん。どうぞ、上京しておくれやす」

その声に続いて、「ほんまに」「頼んます」「お願いやし」と皆も悲壮な声で言い出して、あっという間に「そうすべきだ」と意見がまとまり、「もうこの不買運動から手を引く。ただし憤《ふん》懣《まん》やる方ない思いをぶちまけてから」と、正子の抗議上京が決まった。

正子たちが緊急役員会議を開いて不買運動継続の是非を話し合っていたこの日、八月二十一日、大阪の不買運動の視察に東京から奥むめおが来阪した。これによって、大阪主婦の会が手を引くと決めた不買運動の事情が変わった。奥むめおは大正時代から婦人運動を牽引《けんいん》してきた人だ。一九二〇（大正九）年、平塚らいてう、市川房枝らと、日本で初めて政治的要求を綱領に記した新婦人協会を設立、一九六五（昭和四十）年に勇退するまで議員活動を続け

た。また一九二八(昭和三)年、婦人消責組合協会を立ち上げ、物価引き下げや不良品摘発など家庭生活を守るための提言をしていた。

この頃政府はGHQの経済局から、物価引き下げと闇値の取り締まりを行うように頻繁に厳しい通達を受けていた。一向に改善されない状況に、役人の首をかけて推進せよと指令は厳しくなり、政府は成果を見せるために物価庁に物価安定推進本部を作った。そして奥むおにリーダーとなって国民運動を展開するように要請したが断られた。物価庁は、大阪で大阪主婦の会が牛肉の不買運動を行い、成果を上げているので視察に行って、それから返事をしてくれと重ねて頼み込み、この八月二十一日の来阪となったのだ。

大阪の牛肉不買運動の状況を視察した後、奥むめおは記者会見で「東京でも不買運動を行う」と断言した。その発表によって、『大阪の牛肉不買ストが東京にも波及』と大きく報じられた。

必死の思いで百匁百五十円まで引き下げた牛肉の値が、公定価格で百七十円に上がることに不買運動への意志を砕かれてしまっていた正子たち大阪主婦の会の面々はこの報道に戸惑った。

この波に乗れば、政府によって水を差された不買運動も力を取り戻すことができる。しかし、水を差されて冷めた情熱は戻ってくるだろうかと揺れる正子たちをよそに、大阪主婦の会を取り巻く状況が動いていった。思いがけない注目を浴び、正子たちは好むと好まざるとにかかわらず、再び不買運動の渦中に巻き込まれることになった。

八月二十四日、物価庁に対する憤懣を全身にみなぎらせて正子は上京した。

肉屋の店先の『値下げ断行、大勉強サービス！　一等肉百四十円　上並肉百二十円』と大きく書いた立て看板の写真や、牛肉不買運動について報じる新聞記事のスクラップを突きつけて、

「あなたがたは、純真にやってきた主婦たちの運動に水を差した」

怒鳴りこそしなかったが憤りを隠さずまくし立てた。

対応した物価庁の役人は
「大阪の主婦たちがお怒りになるのも無理のないことです。重ね重ねお詫びします」

頭を低く謝るばかりだった。しかし、僅かな妥協も許せないという正子の強硬な態度に、これでは事は収まらないと見たのか、とうとう本音を吐いた。

「実は、ヒレ肉は百匁四十円で軍政部に買い上げられるのです。そして妊産婦には安く配給しています。その差額分を負担することになり、今回の公定価格となったのです」

正子は相手の目をじっと見て
「では、今度の公定価格の引き上げの責任は、軍政部に、あるのですね」

一言一言、確かめるように問うた。

「まあ、そうなるでしょう」

役人は小さな声で答えた。

「それならば、私は軍政部に抗議に行きます」

言いながら机の上に広げた資料をかき集めると正子は物価庁を飛び出し、ＧＨＱを訪ねた。責任者の経済局長は不在ということで担当の代理人が正子と面談した。

「私は軍政部に抗議に来ました」

広く厚い胸を張ってゆったりと座る相手を前に、正子も堂々と胸を張る。

「大阪の主婦たちが必死になって牛肉を百匁百五十円まで値下げさせました。それなのに政府は、公定価格を百七十円に上げると決めました。物価庁は軍政部の責任で、あなたがたの命令だと言っていますが、本当でしょうか」

三十度近い暑さの中を勢いよく歩いてきた正子が流す汗は、ほとばしる怒りそのもののようだった。

「ノー、ノー、それは違います。軍政部は日本の内政のことには干渉しません。日本政府のすることです」

相手の顔に心外だという表情が浮かぶ。

「一番上等のヒレ肉を軍政部に納入していると聞きました。しかも四十円で」

最上級の肉を破格の安値で軍政部に納入させている。その割を私たちが食うことになるのだ、と抗議を続けようとしたところで、

「イエス、公定価格の四十円です。上等の肉、公定価格の四十円、それ正しいです」

と相手は悪びれもせず認めた。正子は言葉を失った。そう、公定価格は肉の等級に関係なく一律に四十円と定められていることに気づいた。軍政部はあくまでも日本政府が決めた規則に従い取引をしている。言葉を失った正子に相手は言葉を重ねた。

「新しい公定価格百七十円は軍政部が命令していません」

なんのことはない、七月十日の一回目の牛肉価格引き下げ交渉で、大阪精肉商業協同組合理事長の荒川が、「農林省の試案では百七十円から百四十円が実現可能と出ている」と言ったとおりの公定価格に改められたということだ。正子たちの「百匁百五十円への値下げを八月十日に実施する」という要望を、のらりくらりとかわしていたのは、水面下でこういう動きのあることを知っていたからだろうか。しびれを切らしたチミの強談判に対して、不買運動をやるならやってみろと余裕の構えを見せていた荒川の態度が脳裏に甦った。

「私たちはもう、物価の引き下げ運動をやめるつもりです」

新聞がどう書き立てようと、もう関係ない。言うだけのことを言ったら、それで幕を引く。怒りが沸点を超えて、心の中が真空状態になった。

「あなたの運動は、始め、小さい雪です。コロコロ転がっていくと、大きな雪だるまになります。ちょうどそのように、大きな運動になります。続けてください」

さっきまでの勢いを失い、静かに座る正子を励ますように、軍政部経済局の彼が言った。

「政府が値上げの張本人だと分かりました。だから馬鹿らしいのです」

「炭や薪が、値上がりしました。その方も、取り上げてください」

「私たちは、もういやです」

「それは、大変残念なことです」

無表情に淡々と運動の継続を断る正子に、相手は残念そうに肩をすくめてみせ、何かを思いついたような表情を浮かべた。

「あなたにお願いがあります。東京の婦人たちに、あなた方の運動のこと、聞かせてくださいますか」

「私たちは辞めるのですから、今さらだめです。今晩、失望して大阪に帰ります」

「一日だけ、延ばしてください」

一度冷めた気持ちは戻らなかった。頼みを振り切ってＧＨＱを後にした。取ってあった宿に戻って足を投げ出すと、どっと疲れが出てきた。

物価庁は軍政部が原因だと言うが、軍政部で話を聞けば、政府が決めた公定価格のルールに従っているのだった。全くお役所はだらしがない、と正子は溜め息をついた。自分たち庶民だけが翻弄されているようで、つくづく馬鹿馬鹿しくなってきた。役人は自分たちの首を繋ぐために物価安定推進本部などを作って、自分たち主婦の運動を巧みに利用して軍政部に向けての体裁だけをつくろって、その本心は業者の味方なのだ。

消費者の、物価庁の要請を受けて必死で動いている自分たちにすら意向を聞くこともなく百七十円の公定価格をつけた。七月十日の交渉の席で荒川が言った農林省の試案では、百七十円から百四十円が実現可能な公定価格だったはず。正子たち主婦の会が要望した百五十円は、その試案の幅に収まっている。しかし政府は、公定価格に試案の最高値を選んだ。政府の政策の実態を見せつけられたようで何ともやりきれなかった。せめて憤懣をぶちまけようと東京まで来たことも虚しかった。

やりきれない思いを抱えて大阪で待つ皆にどう話そうかと考えていると、宿に正子宛ての電話がかかってきた。物価庁大阪事務所から本庁に転勤となった田村からだった。牧丘と一緒に、正子に闇値切り崩し運動を要請した総務部課長の田村だ。思えば牧丘と田村両名の人柄に心を動かされて引き受けた闇値切り崩し運動の旗振り役だった。

電話に出ると、

「軍政部から連絡があり、二十六日に関東の婦人たちを集める手配をしているので、あなたに東京に留まってほしいと命令が来ました」

ということだった。一時間も経たぬ前、軍政部で断ってきたばかりの話だった。

「何ですって、命令ですって」

虚しさに包まれていた怒りが一気に火を噴いた。

「いくら軍政部でも命令するなら嫌ですよ。命令するなら嫌だと言ったと、お伝えください」

受話器の向こうに形相まで伝わりそうな正子の声と物言いに田村は驚いたようだった。

「命令ではありません。要望なんです」

いつにない早口だった。

「あなた、命令だと、今、おっしゃったでしょう」

腹の虫はすぐには鎮まらない。

「手厳しいですね。役人はＧＨＱの要望は命令だと受け取っているのが当世ですので、つい言い間違えてしまったのです。比嘉さんにご承諾いただけないと、私が困ってしまいます。ぜひお願いします」

大阪事務所にいた頃に田村の人柄は知っている。敗戦国の役人が置かれている境遇への同情が正子の気持ちをなだめた。結局、泣き落としに負けて
「要望なら残ります」

と答えると、受話器から田村の安堵が漏れ伝わってくるようだった。


物価庁とＧＨＱへ抗議に訪れてから二日後の八月二十六日、ＧＨＱの要請による東京の婦人たちの会合が開かれた。場所は新宿、歌舞伎町の喫茶ミラクで、午後一時と午後四時の二回開かれた。一回目には労働組合や左翼系の婦人団体、二回目には保守系の婦人団体が参加し、四時からの二回目の集まりには全国的な婦人運動の指導者、山高しげりと市川房枝の顔もあった。

奥むめおが司会を行い、正子は大阪における闇物価への抗議運動から牛肉の不買運動に踏み切った経緯、その戦術と効果について詳細に触れて話した。正子たちが要望した百匁百五十円が大阪市内に広がり、百四十円で売る店まで出始めたところへ、公定価格を百七十円に改める決定があったこと、それについて上京して物価庁と軍政部に直接抗議に来たら、お互いが責任のなすり合いをしているくだりについては特に事細かに話した。

正子の講演が終わり、質問の時間に入った。あちらこちらで、私を指せと言わんばかりに指先までぴんと伸ばした手が挙がった。一回目の集まりの労働組合や左翼系婦人団体の参加者から現実の生活に目線を置いた厳しい質問が次々と飛び出した。

「牛肉は金持ちの食べ物であり、一般大衆が食べられるものではない。不買運動にはむしろ米を取り上げるべきではないでしょうか？」

「牛肉は金持ちの食べ物だと思っているところに封建的な考えがあるのです。庶民が牛肉を食べられないところに問題があります。牛肉は働く人たちのたんぱく源であることを知るべきです」

「米を腹いっぱい食べたいというのが、現在の大衆の願いだ」

「しかし、米を不買してごらんなさい。きっと一人も付いてきてくれないでしょう。米は一日たりとも我慢できない代物です」

厳しい質問に正子も鋭く切り返す。

「ならば、米の遅配、欠配をなくすことから始めればよいではないか」

「それは米の配給問題として解決していくこととは別でしょう。不買運動の話を続けます。牛肉なら一か月、いえ一年食べなくとも死ぬことはないでしょう。だから消費者も不買運動に協力できますよ。皆さんがストライキをするとき、何が一番大切ですか」

「労働者の団結です」

「では、その次に大事なことは？」

「戦術です」

話はどんどん実践的なところへと向かっていく。

「そうです。私たちも勝つための戦術を使ったのです。相手の弱点を上手につくことです。牛肉は夏場の八月には売り上げも減るし、腐りやすく氷をたくさん使って経費もかかる。この時期に不買をやれば、相手は早くお手上げしますよ」

一同が笑い声を上げ、会場の雰囲気が少し穏やかになった。そこで正子は情に訴える話を交えた。

「日本で初めてやる不買運動がもし失敗すれば、『女の浅知恵よ』と笑われたでしょう。自主的な婦人団体が立ち上がろうとしているときに、その失敗は自信を失わせます。石にかじりついてでも成功させなければと頑張りました。ご覧ください。私の顔は真っ黒に日焼けするし、色気もなくなるし、目方は一貫目（４kg弱）も痩せました。私一人ではありません。不買運動に参加した婦人たちは皆ガリガリに痩せました。なのに政府は公定価格を百七十円に決めるなんて、本当に恨みに思います。地方の婦人たちは、東京の皆さんが頼りなんです。しっかり役人を監視してください」

話すに連れて正子の感情は高ぶった。正子の熱の込もった話し振りに会場の婦人たちの熱も一気に上がった。

死に物狂いの不買運動で下げた牛肉価格を政府の公定価格で引き上げられ、一度は暗礁に乗り上げかけた主婦たちの消費者運動は、正子の物価庁、ＧＨＱへの抗議と、東京の婦人たちとの会合によって勢いを取り戻した。正子が上京した二十四日には、『牛肉　物価庁へ物申す　主婦の会代表上京　東京も値下げに呼応』と新聞報道に載り、さらに二十八日には英字新聞で、『HOUSEWIVES FILE STRONG PROTEST. New Meat Quotations of Price Board Claimed To Obstruct Drive.（主婦たちが強い抗議を申し入れる。価格委員会の新しい肉の見積もりが運動の勢いに水を差す）』と報じられた。

こうして大阪で決起し、東京で一層勢いがついた婦人たち消費者と闇値との闘いは日本全国へと広がっていった。

◇

一九四九(昭和二十四)年、設立二年目を迎えた大阪主婦の会の役員会で、正子は砂糖代替配給の反対運動を議題に上げた。

「砂糖をいつまでも米の代替えとして配給しているのには我慢できません。そろそろ『砂糖を主食よりはずせ』という、大阪主婦の会の設立声明の一つに取りかかってはどうかと思うのですが、皆さん、どうでしょうかね」

「砂糖が法外な闇値で取引されているのは事実ですわ、けど、せやから言うて、主食の一種として配給されたら、わてら台所預かってるもんはたまりまへんわ」

「ほんまだっせ、砂糖はご飯の代わりになりまへん」

「反対運動、やりまひょ」

満場一致で決議した。

運動を展開するために、いつものように大阪市へ公聴車借り入れの申し込みに行った。すると公聴課課長の野呂が首を横に振った。

「砂糖は軍政部の放出物資です。その反対運動に市が協力することはできません。そんなことをすれば、私の首も飛びます」

いつも正子たちの運動を支援してくれる心強い協力者からの拒否に正子は驚いた。しかし、よき理解者である彼を窮地に追い込むことはできないと、公聴車を借りることはあっさりとあきらめた。とはいえ、運動に宣伝カーは必要である。車は何とか手配できそうだが、問題は動かすためのガソリンである。さて、どうするかと思案を始めた正子は、ＧＨＱに援助を取り付けようと思いついた。少しの時間でいいと翌日の面会の約束をとりつけ、チミと二人で向かった。

「ガソリン、分けてください。『いつでも助けてあげる、困ったら来なさい』と前に言うてくれはったお言葉思い出して来ましてん」

二人を迎え入れた面識のある情報官に、ガソリンを入れるための大きな石油缶を片手にぶら下げたチミが言った。ＧＨＱからの闇値闇業者を粛正せよとの指令に端を発する闇値切り崩し消費者運動に成果を上げる正子たちに、情報官は運動を支援すると以前に言葉を送っていた。

「何に使いますか」

「米の代わりに砂糖の配給、困ります。反対のＰＲに宣伝車を出します」

チミの単刀直入な返事に

「砂糖の配給、なぜ要りませんか」

情報官はどういうことかと尋ねる視線を正子に向けた。

「アメリカ人は、パンと砂糖を入れた紅茶で朝昼晩の食事を済ませることができますが、日本人は米の代わりに砂糖水でお腹をいっぱいにすることはできません。米の代わりに砂糖の配給、家庭の主婦は困り果てています」

正子の説明に情報官は目を大きく見開いて、

「日本の役人、男はイエスマン。何でも、イエス、イエスと言います。日本の婦人、あなたたちは偉いです。米の代わりに砂糖配給、反対と言いました。軍政部はよく考えてみます」

その言葉にわっと笑顔になったチミが、

「わて、嬉しいです。会員にこのこと告げます。ガソリンもお願いします」

ぶら下げた石油缶をゆらりと前に差し出しながら言うと、

「おお、ガソリンは配給です。私の車一台に五十ガロンしかない。あなたたちに横流ししたら、私の仕事に、差しつかえます。大阪府に頼んであげましょう」

と、その場で秘書に命じて大阪府に電話を入れてくれた。

正子たちがその足で大阪府の水産課を訪ねると、

「あなたたちとは親しい仲なのに。軍政部に行く前に、ちょっと私のところまで来てくれたら協力しましたのに」

顔見知りの課長が二人を迎えた。

「そうでしたか。行き届きませんで、どうもあいすみません」

頭を下げながら、正子はチミとうつむいた顔で目を見合わせて、「もらいに来れば断るくせに」と無言で交わしてにやりと笑った。大阪府に直接頼みに来ても断られるのが落ちだと分かっていたからＧＨＱに行くと決めたのだ。ＧＨＱの協力は追い風となり、一度は断られた大阪市の公聴車も何とか借りられることになった。

『日本の婦人たち、偉いです。米の代わりの砂糖配給、反対と言いました』という情報官の言葉が正子たちを勇気づけ、自信にもなった。日本の婦人たちの底力で生活を守ってみせると会員一丸となって反対運動を決行した。しばらくして、砂糖の代替配給は中止となった。

◇

砂糖代替配給反対運動が落ち着いた頃、正子の人生に転機が訪れた。大阪府から休園中の保育施設への復旧指令が出たのだ。

一九四五（昭和二十）年三月、幼稚園閉鎖令によって閉園し、その六月に大空襲で焼失してしまった都島幼稚園再開を迫られた。我が子より優先して守り続けた保育事業だったが、正子は二度と復帰しないと決めていた。それは母親としてすべてを捧げて尽くしてやれないまま亡くしてしまった我が子、牧子と健への贖罪《しょくざい》だった。

しかし、都島で正子の帰りを待つ子どもたち、母親たちが正子の心を動かした。やつれた姿で鴻池新田の正子の元まで、保育所再開の懇願に通う姿に胸が痛んだ。死者への愛より生者への愛だと、正子は保育事業への復帰を決めた。

我が子二人の墓を建てるために貯めた十五万円を注ぎ込むことにしたが、それで足りるはずがなかった。資金繰りから建物の建築、開園準備と奔走しなければならなかった。今すぐにも園を必要とする母親たちが待っている。正子は大阪主婦の会に、しばらくの間、役員の任を外れて一般会員として参加したいと申し入れた。が、運動に影響すると聞き入れられなかった。

設立から一年と数か月の間に、日本で初めての不買運動によって牛肉の闇値切り崩しを成功させ、それを機に東京の婦人団体を動かして日本全国の婦人団体による連携を生み、闇値切り崩し消費者運動の波を広げた。大阪主婦の会がこれほど実行力のある組織として機能したのは、会長馬場チミと副会長比嘉正子という絶妙のコンビがあったからだ。実際、会員たちの間でも二人は車の両輪と言われていた。二人が揃っているからこそ大阪主婦の会は成り立っている。二人が離れるようなこと、特に正子が離れるようなことがあれば自分たちは脱会すると、かねて明言している会員たちもいた。

そして正子自身が、チミと自分との呼吸がぴったりと合い、組織の中心として機能していることを自覚していた。二人を軸とする役員たちによって組織力が強固になり、京阪神の婦人団体の連携も生まれ、運動がいよいよ力強く展開されている今、自分が大阪主婦の会の指揮から外れたらどうなるか。組織が弱体化する心配がないとは言えなかった。しかし、正子の復帰を待ちわびる都島の人たちを放っておくことはどうにもできなかった。正子の足は自然と大阪主婦の会から遠のいた。

常に会の中心にいた正子が姿を現さなくなった波紋は大きかった。脱退を明言していた会員たちが実行に移し、個人的に正子の家を訪れた。それが誤解を招き、会の分裂という大騒動に発展した。

会がいよいよ発展していこうというときに、自分の進退をめぐって会の分裂を招いたことに正子は責任を感じた。盟友チミの心中を思うと、やりきれなかった。正子はこれを機会にきっぱりと婦人運動から退く決意を固め、各方面の関係者に、「大阪主婦の会を脱会し、都島で保育を軸に町づくりの社会事業に専念いたします」と挨拶状を出した。起こってしまったことをいつまで悔やんでも元には戻らない。けじめをつけて、幕を引いた。

婦人団体による消費者運動と保育を軸に町を作っていく社会事業は、正子にとって一つの根でつながっていた。権威を持たない者たちが力を合わせて自分たちの生活を守っていく行為だった。どの道を進んでいこうとも目指すところに変わりはないと思い定め、都島での社会事業へと全力で向かった。

ところが周囲が正子を放っておかなかった。一九四九(昭和二十四)年十一月、新しい保育園『都島児童館』の建物が完成すると、大阪主婦の会を脱退した婦人たちが開園準備を手伝いに訪れ、正子に婦人運動を再開するように口説き始めた。地元で活動しても、しょせん地方の動きに過ぎない、全国的に影響させるためには連合体にして組織の強化をするのが一番だから、一緒にやろうと言うのだ。

正子はきっぱりと断った。それでも彼女たちは、人手がいるだろうと友情で大阪市外からほぼ毎日手伝いに通い続けた。人手も資金もやりくりしている正子を思い、鴻池主婦の会の仲間たちも日参してきた。皆で作業をしながら泣き笑いの思い出話をしているうちに正子は情が湧いてきて、連合組織化への手伝いを引き受けた。あくまでも外部の相談役で、会員にはならないという約束だった。

正子を顧問に迎えて、連合組織づくりが早速始まった。大同団結の方針のもと、思想や政治信条を問わず、また主婦団体だけでなく婦人労働組合とも手を繋ぎ、意思があれば職業の有無や既婚未婚を問わず個人加入も認め、大きな目標達成のための開かれた組織づくりを目指した。

さらに個々の団体の自主性を尊重し、地域におけるそれぞれの活動の自由を認めた。連合との協力も、独自に展開する活動も、それぞれの自主性に基づくという連合の在り方には、社会という大きな器を見つめながら民主主義を重んじる正子の思想が反映されていた。

三十団体の加盟によって発足した連合組織は、名を『関西主婦連合会』とし、一九四九（昭和二十四）年十二月一日午後一時三十分から都島児童館のホールで発会式を開いた。

発会式を済ませて関西主婦連合会は勢いよく始動した。

正子の提案で、組織内に『衣食住部』『政治経済部』『文化教育部』という活動の三本柱となる部会を作っていた。戦後の物資不足の中、食糧危機打開のために続けてきた消費者運動の延長線上にある衣食住と、生活環境に大きく関わる政治経済、子どもたちの成長に強い影響をもつ文化教育。この三つの視点を活動の柱に据えて、日本の消費者運動の草分けとして関西主婦連合会は、活動を地道かつ大胆に展開していく。関西主婦連合会の主張や運動を広く世の中に広めて行くことを目的に、機関紙『関西主婦連合新聞（一九五五年に関西主婦新聞と改名）』を作ることも決めて発刊、正子は顧問の仕事の範疇《はんちゅう》として、企画編集に協力、論説などの記事執筆も引き受けた。

関西主婦連合会発足一周年を迎えた一九五〇（昭和二十五）年十二月、総会が開かれ、正子が会長に選ばれた。外部顧問から一足飛びの会長就任をためらう正子だったが、満場一致の決定に従った。

この一九五〇年は経済が立ち直りを見せ始める一方で物価が跳ね上がった。ＧＨＱの指示によって電力事業の再編成が行われ、五月、関西電力が電気料金の大幅値上げを発表した。正子は関西主婦連合会の幹部らと共に関西電力の経営陣と会談し、電力事業の永続のために値上げが必要なことに理解を示しながら、庶民の生活に大きな影響を与えることを考慮して値上げ率を抑えるように要望した。正子が関西主婦連合会の会長となった一九五〇年十二月、おかみさんたちは家計のやりくりに四苦八苦しながら年の瀬を迎えたのだった。

一九五一（昭和二十六）年七月、吉田茂首相が来年一九五二（昭和二十七）年四月から米の統制を撤廃して自由販売にすると明言した。

この物価高の中で自由販売になれば米の値段はどうなるか。終戦直後の米よこせ風呂敷デモの日から、米びつを空にしてはならないと闘いつづけてきた正子にとって一大事だった。

高騰する米の価格について、大蔵大臣の池田勇人が参議院の答弁で述べた「所得の少ない方は麦、所得の多い方は米を食うというような経済原則に沿った方へ持っていきたい」という言葉を思い出した。

米の統制が撤廃されれば需要と供給のバランスが崩れるのは目に見えていた。一升が二百円にはなるだろう。今の配給制度下での一升八十円の米さえ受け取ることができずにいる生活者が大勢いる中で、米の値上がりは庶民にとっての死活問題だった。戦後の混乱からやっと抜け出したと思ったところに、今また庶民に心配が持ち上がったのだ。また弱い者たちが苦しむのだと、正子は居ても立ってもいられなかった。

関西主婦連合会の各支部で米の統制撤廃への賛否について消費者と生産者への調査を行った。

正子は社会事業の師である志賀志那人から調査による現状把握の重要性を学んだ。日本の都市福祉を牽引する志賀志那人は大阪市役所の労働調査係で主事を務めていた。一九一九(大正八)年、噴出する社会問題への対策に力を入れる大阪市では、社会事業推進の基礎固めに社会部労働調査課を設け、戦前日本の中で傑出した社会調査を行い、大阪市の社会事業行政確立を支えた。

調査の結果、一部賛成意見もあったが、消費者の七割以上、生産者の八割以上が反対だった。賛成者のほとんどは、自由販売によって利益を得る卸屋、飲食業、歓楽街の業者らだった。消費者と生産者は総じて、中間業者の買い占めや売り惜しみによる価格高騰、家計の逼迫《ひっぱく》を憂慮していた。需給関係に弾力性が低いために地域や季節による米の偏在や価格の変動を指摘する声もあった。

国民の大多数が不安を訴える統制撤廃を、なぜ、今行うのか。正子を先頭に関西主婦連合会は反対運動に立ち上がった。大規模な消費者団結の必要性を感じていた正子は他団体に共同を呼びかけ、十一月四日、大阪総評、大阪生活協同組合、全農民組合、日本農民組合、そして関西主婦連合会が大阪中央公会堂に結集し、初めての共闘会議を持った。

「生活を守るために米の統制撤廃に反対する」

この一点において主張を共にする多様な組織での共闘は何の抵抗もなくはじまった。十日、十一日と市内での街頭運動を行った。三台の宣伝車で街に繰り出し、関係官庁を訪問したり、ターミナルでビラを配ったりした。労働組合の闘士たちとエプロンに襷がけの主婦たちが並んで声を一つにする姿は新聞紙面を大きく飾り、世論喚起の力となった。

十一月二十三日の夜、正子を含む五名の関西主婦連合会幹部が政府への反対陳情に向かった。『米の統制撤廃反対』と黒々と染めた揃いの白襷を袈裟《けさ》にかけ、夜行列車で乗り込んだ東京の街には、反対を唱えるビラの一枚も見当たらなかった。

「東京での反対運動はどんな風に展開しているのかと思っていたんだけどね」

「なんや、あんまり盛り上がってへんように見えまんなあ」

「まあ、今日一日、東京の街を動き回っているうちに、様子が分かっていくでしょう」

まず新聞各社を回ってＰＲをしておいてから、霞が関へと向かった。農林大臣と食糧庁長官に直接陳情書を手渡し、次は食糧庁の労働組合事務所を訪れた。農林技官と肩書を記した菊川周作という人物が五人を迎えた。物腰のやわらかなスマートな男性だった。

「私たちは関西主婦連合会の者です。実のところ、労働組合の委員長か書記長にお目にかかりたいのです」

菊川という男性は一瞬の間を置いて、もう一枚の名刺を差し出した。

「私が食糧庁の労働組合の委員長です」

線の細いインテリ然とした物静かな男性が労働組合の委員長と聞いて正子たちは顔を見合わせた。正子たちが今まで大阪で会ってきた労働組合の長は、皆、見るからにもっと闘争的で、武装するかのように肩をいからせて、共通して荒武者のような空気をまとっていた。

「ああ、そうでしたか、失礼しました。実は私たち、大阪では労働団体と米の統制撤廃反対に共闘しております。今日はあなたの組合にも陳情に来たのです。東京では反対ポスターの一枚も見られません。がっかりしました。まったく、東京の人は呑気《のんき》すぎませんか」

正子は一気にまくしたてた。

「いや全く仰せのとおりです。申し訳ありません。大阪のご婦人たちは実力があるとかねがね聞いております。きっと皆さんに刺激されて、東京も立ち上がるでしょう」

菊川はもの静かに淡々と答えた。人ごとのような言い方に正子は頼りなさを感じた。

「あなた方は反対ですか、賛成ですか。それを聞きに来たのです」

正子が率直な意見を求めると、同行の役員たちも口を開いた。

「大阪では『主食統制撤廃反対期成同盟』を結成して、市民運動を盛り上げる意気込みでおります」

「東京でも勢いをつけるために、農林省の労働組合がリーダーシップを取るべきやと思います」

正子たちが発破をかけても彼の静かなる姿は変わらなかった。

話が一段落ついたところで、

「今は皆さん、お疲れでしょう。これからのスケジュールは？」

と菊川が尋ねた。

「疲れてなんか、おられません。議会や友誼団体を訪問します」

乏しい資金から五人分の旅費を工面して来たのだ。疲れたなんて言葉は正子たちの頭になかった。それに陳情のことで頭がいっぱいで、それ以外のことは何も考えていなかった。それを察してか、菊川は農林省の寮に連絡し、宿泊と車の手配をしてくれた。しかも、翌朝、迎えの車が現れた。揃いの白襷の袈裟がけ姿で五人が車に乗り込むと、「せっかく来られたのですから、総司令部にも陳情された方がよいと思いますのでご案内します」と、連合国軍最高司令官総司令部のある有楽町の第一生命ビルに向かって走り出した。到着すると菊川が、総評政治経済局長と一緒に待っていた。二人に案内されて正子たちは、ＧＨＱ経済局の局長補佐官と面会した。

たとえ日本の首相が米を自由販売にすると大見得を切っても、決定権はＧＨＱの最高司令官にあった。そこに陳情させるとは、さすがに頭が良いと感心しているうちに、当の菊川は男性補佐官に、揃いの白襷の袈裟がけ姿で並んだ正子たち五人の紹介を済ませた。

切々と米の統制撤廃反対の陳情をする正子の一言一言に、補佐官は真面目に耳を傾けてくれた。

「あなたの意見は、正しい。多くの日本の婦人たちは、それを知りません。あなたがたは、家庭の婦人たちに、知らせる必要があります」

「今、日本で賛成している人たちと反対している人たちを、知っておられますか」

正子は補佐官との対話を続ける。

「全体の動きは、知りませんが、大阪で反対は、労組、農民組合、社会党、共産党、ですか」

「そのとおりです。賛成している人たちは戦前の米卸屋、商売人たちです。この人たちは三井、三菱の大銀行から、何億という大金を借りる実力のある人たちです。この人たちは米の相場を自由に動かすことができます」

補佐官の真面目な態度に、正子の言葉も熱を帯びていく。彼は正子の目を見たまま頷くと、

「そして、百姓は、また、もとの水飲み百姓になる危険が、起こります」と正子の後を続けた。この言葉に正子は度肝を抜かれた。ここまで日本の食糧事情を研究している占領軍が末恐ろしくなった。目を見張る正子に彼は言葉を続けた。

「あなた方は、マッカーサー閣下にも、手紙を差し上げる必要があります。このことは、私が教えたと言っては、いけません」

補佐官のこの意見を聞いて正子は、「私たちは勝った」と確信した。並んだ四人からも同じ思いが伝わってきた。この後、衆・参院議長に陳情に行ったが、よろしくお願いしますと頭を下げるだけで、多くを陳情する必要もなくなった。各婦人団体への呼びかけも、婦人民主クラブだけにとどめて引き揚げた。補佐官の助言を得て、ここからは世論の動向と政治の動きを眺めていればいいと楽な気持ちになっていた。

その後、ＧＨＱから『米の自由販売ストップの声明』が出された。鶴の一声で、吉田茂首相も本会議に議案を出し得なかった。

# 第六章　自らの民主主義

「原爆展を開催しましょう」

一九五〇（昭和二十五）年暮れ、関西主婦連合会の総会で正子は提案した。

「世の中では、今年九月八日に日本が連合国と結んだサンフランシスコ平和条約（＝日本国との平和条約）をめぐる議論が盛んに行われています。連合国軍の占領下から独立して主権を取り戻す日本が国際社会の中でどう平和に貢献していくのか。もう、議論ばかりしているときではないと考えます」

ＧＨＱ占領下で原爆展を開くという正子の提案に会場は水を打ったように静まり返った。

「原爆による人類破滅の悲劇を、世界に訴えましょう」

落ち着いた声で語る正子の言葉は、一人一人との対話のようにそれぞれの胸に届いた。

一九五〇（昭和二十五）年六月、朝鮮戦争が勃発した。それによる特需が戦後の混乱から立ち直りかけていた日本経済に拍車をかけた。特需に沸く世の中に、正子たち関西主婦連合会のおかみさんたちは心穏やかでいられなかった。戦争という言葉に、肉親や親しい人たちを戦争で失った嘆きと悲しみや、大空襲に怯え逃げ回った記憶が生々しく甦り、今の平和な生活のありがたさが身に染みた。関西主婦連合会は「世界平和確立のために全能力を発揮する」ことを目標の一つにしていた。

「原爆展の開催、やりましょ」

「やりまひょ、『世界平和確立のために全能力を発揮』ですわ」

「平和を叫ぶだけでは戦争は防げまへん、わてらのモットーは実践でっさかいな」

正子の提案への賛同がこだまのように続き、

「やりまひょ、原爆展開催、わてらやったら、できまっせ」

力強い一言が響いて拍手の渦が起こった。怖いもの知らずの勢いで皆は一気に準備を進めた。

この話を耳にした婦人新聞社の斉藤という男性記者が、共催か後援で一枚加えてくれ、と正子に会いに来た。

「赤松俊子（丸木俊）画伯夫妻の原爆の図は凄いそうだ。凄いほど目に訴える効果がある。ぜひそれも公開しようじゃないか」

斉藤は熱の込もった口調で言った。

正子は、「そうしましょう」と即答し、原爆展の展示装飾を頼んでいる装飾家と三人で神奈川県にある赤松夫妻宅を訪問した。人里を離れた一軒家を訪ねると、奥の暗がりから赤松俊子と、原爆の図の共同制作者である夫の丸木位里が現れた。戦時中に見かけたちゃんちゃんこを着て灯りの乏しい板の間に座る赤松俊子の周りは、時の流れが異なる異界のようだった。鬱蒼《うっそう》とした樹々に囲まれた一軒家の重く湿った静かさのなかで見せられた『原爆の図』に正子は背筋が寒くなった。畳八畳大の和紙に水墨で描き出された死にゆく人々の苦悶を前に、身動きすることもできなかった。

『幽霊』『火』『水』と三部作のすべてを原爆展に出品すると快諾してくれた夫妻に礼を述べて、正子たちは早々に引き揚げた。樹々が鬱蒼と茂る小径すら明るく感じた。

「こう言っちゃなんだけど、幽霊でも出そうな家だったね。僕、背筋が寒くなった」

と斉藤が言った。異界のような空間と、そこで見た図の迫力に圧倒された話を二人でしていると、

「幽霊にもいろいろあるが、あの図は迫力のある幽霊だから当たりますよ」

展示装飾家がぽつりと言った。正子はあの図を前に立ちすくむ人々の姿を思い浮かべ、準備を進めるために一刻も早く大阪に帰りたいと思った。

大阪市南区の千日前、大劇の地下で、一月二十七日から二月二十八日までの開催が決まった。大阪府の後援名義を取り、学者グループの協力推薦名義を借りるところまで順調にはかどった。次は大阪市の後援名義というところで、この展覧会開催の難しさに直面した。大阪市の公聴課長が協力を渋ったのだ。

「美術展なら後援しましょう。金銭の援助をできる前例もあります。ですが、アメリカの痛い点をついた原爆展だと、我々の首が飛びますよ。主旨は分かりますがね。大新聞でも、原爆展はどうでしょうか」

「大阪府は後援許可をくれましたのに、恐れることはありませんでしょう」

間髪入れずに正子は応えた。

「いや、大阪府も問題となりますがね…」

許可を出した大阪府の方に思慮が足りないのだという口ぶりに、

「寝た子を起こさないようにしてくださいよ。せっかく後援してくださるというのに、大阪市がやめたとなると大阪府もと、同調されては困ります。この話は無かったことにしてください」

と釘を刺し、その場を後にした。

ＧＨＱ占領下、実質米軍が占領する日本での原爆展開催。正子は自分たちがしようとしていることの難しさを教えられた。確かにＧＨＱの一声で日本の政治も人事も左右されているのだ、及び腰になっても無理もない。公聴課長の及び腰も分からないでもなかったが、「信念のない役人だ」と反発したくなった。是々非々で自らの意見を表明できてこその民主主義ではないか。

「大阪市の対応を受けて、原爆展を断念するか、実行するか」

早速、対策役員会を開いて問うと、

「遠慮する必要はないと思います。アメリカがこの悲劇を与えたんやと見せたらええんです」

「ＧＨＱの気に障るようなことは、やめといた方がよろしいかと思います」

「なんの、かまうことがありますかいな。アメリカが落とした原爆に違いおまへんがな」

「今は、ＧＨＱは天皇陛下以上でっせ。このまま推し進めたはええが、ＧＨＱから中止命令をくろうて引き下がるようなことになったら、ほれ、知性のない主婦さんたちのすることを見てみなはれと笑いもんになりまっせ」

「世界の正義と平和のためですやんか」

賛成、反対の意見が口々に飛び交う。

「会長は、なんで黙ってはるんでっか。どないな意見ですか」

肘をついた右手の指先でこめかみあたりを押さえて皆の意見を聞いていた正子に意見を求める声がした。

「なぜ新聞も世論も、原爆展について一言も言わないのか、大阪市役所で聞かされたことと照らし合わせて考えていたんだよ」

正子のその言葉に、「確かに」と一人が呼応した。

「原爆のことが禁句になってるのか、それとも手前勝手に遠慮してるのか調べる必要はないやろか」

その発言をきっかけに議論はとりとめなく広がっていった。

「私も感情的には、信念に欠ける役人への意地としても、主婦の力で開催してみせたいよ、けど」

と収拾がつかなくなり始めた議論の水先案内に正子は口を開いた。

「大阪市が後援しないとなると大阪府もキャンセルする可能性が高い。そうなったとしても、関西主婦連合会単独でやるかどうかだよ」

「後援なんか必要おまへん。婦人新聞社と共催でやったら、よろしおます」

強気な意見が飛び出した。

「それでもよいがね、大阪府後援の意義は大きいと思う。世論が原爆に対して沈黙を守っているのなら、その沈黙を打ち破らないといけない。それには大阪府が原爆展を後援しているという事実が大きな力になる。大阪府が後援しているんだと安心して批判もするようになる。世論が動いてこそ、平和運動も起こってくるというものだよ」

総じて実行の意思が強いとみて、正子はどう運動の力を高めていくかに話を進めた。

「平和のときに平和を唱え、平和のときに平和運動をするのは、いと易いことだす。嵐の中での平和運動こそ、必要なんと違いますやろか」

ウタの発言に、原爆展を実行する皆の意思が固まった。

「そうと決まったら、大阪府に断られへんうちに大阪府後援と印刷しておきまひょ。印刷もすでにできあがっておりますと、引っ込みがつかへんようにしといたらよろしい」

強気なのか弱気なのか分からない意見が飛び出して、正子はその場で会場の熱気そのままを記すように開催告知の原稿を書き上げた。

「原爆の図は、あの悲惨な広島原爆のために肉親を失った作家夫妻が、再びこのような悲惨事があってはならないとの悲願から筆を執って、辛酸三カ年、遂に完成された世界注目の大作であります・・作家夫妻は、原爆直後の広島に親族の安否を問い、焦土の中で黒こげとなり、血を吐きもだえている被害者のなかを歩き、その現実を直視して描かれたのです」

文面に、「原爆の図『火』」の写真を大きく合わせて入れたポスターの原稿と、協力推薦に名義を貸してくれた学者グループの名を連記した趣意書の原稿を、一週間以内に仕上げてくれと無理を頼んで印刷所に渡して、この日の会合を終えた。

GHQを刺激するような原爆展は後援しないという大阪市の態度は、予想どおり大阪府の後援取り消しを呼んだ。大阪府の広報課長から正子に会いたいという電話がかかってきた。印刷が仕上がるまでの間、ひっきりなしにかかってくる電話から逃げ、他の用で会えないと面会を断ってやり過ごした。頼んだとおり一週間後に刷り上がったポスターと趣意書を受け取ると、その足で大阪府庁を訪ねた。

「比嘉さんじゃないか。一週間、あなたの後を追いかけ回しても会えなかったので、婦人新聞社の連絡先を探し当てて、担当の斉藤記者に役人の弱い立場を訴えて取り消しを要求しましたよ。それで彼はよく理解してくれたから、比嘉さんにもどうぞ分かっていただきたい」

正子の顔を見るなりの訴えだった。役人の立場が分からないわけではなく、面と向かって悲愴な顔で訴えられて、思わず「中止しましょう」と言いたくなったが、ぐっと踏みとどまり、

「課長さんのお立場が悪くならないように手を打ちます」

と答えたものの名案はなかった。中止するとも後援取り消しを承知したとも言わない正子に、

「大阪市と常に同調しているんです。政治的意図のある催しに後援はできない。了承してほしい」

課長は声も悲愴に取り消しを求める。

「大阪市と同調することは行政の上でも自主性がありませんね。このとおり、ポスターも印刷物も出来上がったので報告にあがりましたのに。喜んでくださると思って持ってきました。断るなどとおっしゃらないでくださいよ。お金もかかっておりますし、反故にされることは残念です」

後援取り消しは予想どおりだったが、正子はそんな素振りはおくびにも出さない。

「だから印刷しないうちにと、あなたを追い駆け回したのです」

言論の自由もアメリカの機嫌を損なわない範疇でという約束事でもあるのだろうか。GHQうんぬんの前に、この事態は日本人が長い歴史の中で培ってきた権力者への迎合主義という卑屈さではないだろうかと、目の前の相手の必死な姿に正子はそんなことを考えた。日本の役人の方で自らGHQに対するコンプレックスを持って、自分たちの自由を失っているのではないか。赤松俊子、丸木位里夫妻があの大作を三年もの間、世に訴えることができなかった事情が分かる気がしてきた。

それならば、と正子は思った。原爆展を開催し、原爆の図を公開することは、そういう心理を、たとえ一人の日本人からでも解消する役にも立つだろう。平和運動に始まった原爆展開催への思いは、正子の中で日本人の自尊心の回復にも及んだ。

「課長さんの良識と立場を傷つけないよう努力します。印刷もできたことです。黙認してください」

懇願する正子の口調には毅然《きぜん》とした強さがあった。

「万が一、GHQから物言いがついたときには、私が勝手に大阪府の名前を使用したと申し出ることにします」

これ以上押し問答を続けても仕方がないと、後援取り消しについてははっきりとしないまま正子は引き揚げた。何としてでも原爆展を開催しなければならない。障害に面したことでその決意は一層強くなった。大阪府の後援は必要だ。悪意はなく、ただ立場を気にかけて弱気になっている広報課長の立場を傷つけないよう努力すると約束はしたものの、どうすればよいかと苦慮していると、突然、一つの考えが浮かんだ。

「そうだ、広島だ」

被爆地の広島市の役人なら考えは違うだろう。広島市の後援を得ることで、大阪府の後援の是を裏付けられる。遠く離れた広島市が大阪での原爆展を後援しているというのに、地元の大阪府が後援しないわけにもいくまい。

広島市への要請は主催者の関西主婦連合会が正面から行くよりも、関係者からの柔軟性のある交渉の方が得策だと考え、展示装飾を頼んでいる会社の社長に託した。突然のことに予算などなかったが、必要な経費は立て替えておいてほしいと言い添えて安心してもらうことも忘れなかった。関西主婦連合会に潤沢な資金があるわけではなかったが、無料で動けともいえない。よしんば自分が自腹を切ることになってでも、ここは金のことなど言っていられないと原爆展の成功だけを考えた。

社長の尽力で広島市長から後援の承諾を得た上に、記念館の被爆に関する資料の貸し出し協力まで得た。その報告に正子は小躍りしながら大阪府庁まで広報課長を訪ねた。

「広島市が、後援だけでなく資料まで貸し出してくれることになりました。これで大阪府の後援にも筋が通ります。どうぞご安心ください」

と伝えると、

「大阪までよく資料を貸しましたね。どうやって資料を運びますか」

「トラックに乗って取りに行きます」

「あなたがトラックに乗ってですか。あなたには負けましたよ」

初めて笑顔を見せてくれた。

そうは言ったものの、多忙の正子は広島市まで行くことはできず、それも展示会社の社長に頼んだ。なにしろ一九五〇（昭和二十五）年には都島児童館の保育開始と都島診療所開設、さらに顧問として関西主婦連合会の発足と展開の相談役を務め、年の終わりには二代目会長になり、年が明けた一九五一（昭和二十六）年の一月末から開催するこの原爆展開催に奔走しているのだ。

広島からの資料が到着すると、夜明けまでかかった展示作業に立ち会い、後は開催を待つのみとほっとした。が、それも束の間、ここに至るまでゴタゴタが続いたことを思うと、開幕までにまた一波乱ありはしないかと恐ろしい気持ちが湧いてきた。ＧＨＱから中止命令を受けはしないか、無事に終わることができるだろうかと不安は消えず、緊張の糸がほぐれることはなかった。

ＧＨＱを刺激しない方がよいという意見を押し切って、正子たち関西主婦連合会はＧＨＱ在阪機関に数十通の招待状を送っていた。役人たちが顔色をうかがうようにしていた米軍の反響を見るためだった。来るだろうか、来ないだろうか。ＧＨＱからの中止命令への不安の一方で、その反響を見るのを心待ちにしていた。

一月二十七日土曜日、心配をよそに、何ごともなく原爆展初日を迎えた。

原爆の図は会場を圧倒していた。積み重なった死体の中にこちらを見るように描かれた黒い二つの眼が何かを訴えているようでもある。ずるりと剥けた皮膚を引きずる姿、焼けただれた頭皮にぶら下がる髪の下で呻《うめ》く表情、焦土の中で黒こげとなり血を吐き身もだえている被爆者。人間の断末魔が描かれた図を前に、観覧者たちは立ちすくみ、眼を背けることを許されないかのように、図の中の人々と向かい合い、唸《うな》り、涙ぐんだ。

関西主婦連合会の会員たちも、一般観客も、これほどの凄まじさを想像していなかった。「原爆が落とされた、死者がたくさん出た、木も草も生えないそうだ」と聞かされても実感が湧いて来なかった。原爆投下から五年と少し経って、その凄惨さへの想像力が生まれ、被爆の苦しみはどれほど長引くのだろうかと、原爆というものの恐ろしさを知った。正子自身がそうだった。その衝撃に自分が平和への決意を強くしたように、来場者の心が動いていればいいと願った。

「来たよ、来たよ」

物思う正子の周りで次々と囁《ささや》きが起こった。肘で小さく突き合う会員たちの視線の先を見ると、女を連れた米兵男性の姿があった。派手な髪飾りに厚化粧をした女は、ぶら下がるように米兵と腕を組み、周りの人に挑むように顔をあげて歩いている。米兵は原爆の図の前で足を止め、感慨深げに見入っている。女の方はつまらなさそうにガムを噛み、早く行こうとせき立てるように彼を連れ出した。米兵に集まる主婦たちの視線を自分に向けられているように感じ、じっと居続ける気にもならなかったのかもしれない。しかし、「なんだ、あの女。ゆっくり見せればいいのに」と、正子は憤慨する心を抑えられなかった。

将校のような兵士の五人連れが颯爽《さっそう》と入ってきた。招待状を見てきたのか、千日前をぶらついていて原爆展のポスターを目にして入ってきたのか、無表情に展示を見て回り、あっさりと引き揚げていった。

数十通の招待状を出したが、米兵の来場は十人足らず。役人たちが気にしていたようなGHQとの問題は何も起こらずに、一週間、二週間と経った。

千日前の大劇地下を選んだことに、『なぜ、こんな浮ついた場所で開いたのか。百貨店か美術館あたりが適当だ』という声もあった。正子たちは、浮ついた千日前の大衆に呼びかけるつもりだったのだ。しかし、心斎橋から難波をぶらつく心ブラ族には何の反響もなかった。新聞社はどこも、この原爆展に何一つ資料を貸してくれず、一行の記事も書いてくれなかった。会期が終わりに近づいた頃、『原爆展を見よう』といった遠慮がちなポスターを貼ってくれたところもあったが、入場者は延べ約四万二千人、二十円の入場券の売り上げは思わしくなく、肩身が狭くなるほど赤字を出した。

一切の協力をしてくれなかった各新聞社だったが、原爆についてはやはり禁句にされていたらしいとその後分かった。一九五二(昭和二十七)年四月二十八日、サンフランシスコ平和条約が発効しGHQが引き揚げたとたん、原爆禁止の声が日本の巷《ちまた》に満ち始めた。権力に屈するその有様に正子は、時代の思潮に迎合する思想はいつかまた戦争への道に流れないだろうかと、胃の辺りにざらっとした冷たさを感じた。

◇

一九五二（昭和二十七）年四月二十八日、サンフランシスコ平和条約の発効により、ＧＨＱは解体、撤退した。敗戦から七年、日本が主権を回復した。正子の胸は期待と緊張で膨らんでいた。ＧＨＱが吹き込んだ民主主義の風は正子が待ち望んでいたものだった。バプテスト女子神学校の恩師ミス・Ｌ・ミードから学んだ、自主性を持った女性の在り方への追い風だった。そしてＧＨＱとの出会いは、正子の情熱と行動力を解き放った。

敗戦間もない一九四五（昭和二十）年初秋の「米よこせ」の陳情に始まり、闇値切り崩し運動で作っていったＧＨＱとの協力関係。自分たち主婦の、何の権威もないおかみさんたちの台所からの声に耳を傾け、対話してくれた時の権力。その権力を弱い者を守るために生かすのだと、自分たちおかみさんの消費者運動を支える力に変えてきたＧＨＱの存在がなくなる。

「さあこれから、自分たち主婦の会、関西主婦連合会の婦人運動、消費者運動をどう展開していくか。いよいよ自分たちで民主主義を発展させていくんだよ。子どもたちにどんな社会を渡すのか。お仕着せの民主主義ではなく、自分たちの意思と行為による民主主義で、どんな社会を作っていくのか。賢くならなくては。私たちおかみさんが、母親が賢くならなくてはだめだ」

関西主婦連合会の役員会で正子はその決意をはっきりと伝え、皆の士気は上がった。

一九五三（昭和二十八）年、庶民のおかみさんたちは家計のやりくりに頭を痛め、関西主婦連合会の面々は米価をはじめ、物価引き下げ運動に日々奔走し続けた。

一方、大阪駅前に、日本一の高層ビル、第一生命ビルディングが建ち、十二階建ての屋上にはビアガーデンがオープンした。戦後の物資不足の頃のように不良品でもありがたく飛びつく時代は過ぎて、品を吟味し選べるようになった。

品質の良い舶来品に人気が集まった。街を歩けば店頭は舶来品の花盛り、客は何でもかんでも舶来品に飛びついた。政府は緊縮財政をとり、国民に外貨の節約を訴えたが舶来品人気は高まるばかりだった。

正子も舶来品を手に取り、使ってもみた。なるほど舶来品は優秀で魅力的だ、しかし、それ以上に優れた日本商品もある。それを忘れてやみくもに舶来品に走るのは自分たちの首を絞めるも同然だ。

正子は、一九五四(昭和二十九)年は舶来品と国産品の問題を関西主婦連合会の運動のテーマにしなければならないと、計画を練り始めた。と、その矢先、大阪通商産業局技術課長の松沢と大阪府工業協会の専務理事の青木という人物が正子を訪ねてきた。二人とも四十歳代と見える。

「新聞で比嘉さんたちの活動を存じています。そこで本日は、国産品愛用運動にご協力いただきたいとお願いに来ました」

なんというタイミングかと正子も、

「実はうちでもやりたいとは思っているのですが、国産品の品物、品の良し悪しを見分ける基準がないのです。良い品物を買いたいというのが人情ですから、ただ単に国産品を買えという運動ではだめだと思います」

おかみさんたちと議論しようと温めていた考えを二人に向けて話しだした。

「国産品愛用運動を展開するにも、国産品の品質を保証するものがないと考えていたところです。家計、家庭の経済と国家の経済を結びつけて解決しなければならないと思います。外貨をむやみに消費して国家の経済を乏しくすれば、ゆくゆく私たちの台所が苦しくなりますからね。国産品を買いましょう、身近なものは国産品で済ませましょうと呼びかけたいですが、何か品の良し悪しを見分ける目安はありませんか。まず失敗しないで済むという安心が欲しいのです」

「国が決めた『ＪＩＳ（日本工業規格）マーク』があります」

パッと目を見開いた松沢が間髪入れずに答えた。

「どんなマークですか」

青木がそのＪＩＳマークを記した書類をさっと差し出し、松沢が説明を続ける。

「国に登録認証された機関から認証を受けた事業者だけが、これも認証を受けた鉱工業品にだけ表示することが認められるマークでして、このマークで安全性や品質を確かめていただけます」

「どこかで見た覚えがありますが、そういうマークだとは知りませんでした」

「普及がへたで皆さんに知っていただけておらず残念です。工場にも『ＪＩＳ工場』としてマークを貼ってありますし、展示会などもしているのですが」

松沢は額を掻く。

「与えた官庁ともらった工場の間だけでいくら宣伝しても消費者には何も分かりませんよ。むしろ消費者にそのマークの存在や意味を知らせるべきでしょう」

「ええ、ですから、貴会が取り上げてくだされば、ありがたいのですが」

机の上のＪＩＳマークに一度視線を落としてから、正子は松沢の目を見る。

「ＪＩＳマークのついたものは真実良い商品ですか、ＪＩＳマークで選べば良い買い物だと言い切れますか」

「少なくとも国家保証ですから安心です」

松沢は躊躇なく応じ、隣で青木が強くうなずいた。

「分かりました。私はＪＩＳマーク普及への協力に賛成です。至急に役員会にかけて決定のうえで、正式にお返事をもってあがります」

松沢と青木は正子の約束に礼を言い、明るい表情で帰っていった。

二人との約束どおり、正子はすぐに役員会を開いた。平和運動をきっかけに、最近、運動の方向性に揺れが生じて、戸惑いから脱会する会員が役員の中にも一人、二人と現れた。この身近な運動を打ち出すことで、その流れを食い止めることもできるだろうとの願いを込めての招集だった。鴻池のおかみさんの会から始まった、台所に根を下ろした消費者運動に力を注ぐ時期ではないか、という思いを胸に正子は役員会に臨んだ。

「今日の議題は二つ。まず、ＪＩＳマークの普及、次に国産品愛用運動について話し合いたいと思います」

正子の提案に皆きょとんとした顔をしている。ＪＩＳマークについて誰一人知らなかった。

「よう分からんどころか、知りもせん、そのＪＩＳマークとやらの普及運動はできまへんで」

「自分らが分からんもん、人さんに薦めるんは難しおますな」

提案はあっさりと流れてしまったが、皆の反応は好ましいものだと正子は思った。たとえそれが官庁からの要請であっても、誰かに言われたからという理由だけでは動かない、自分たちで得心して動く。これが、自分たちおかみさんの会の姿だった。

「そうですね、マークの存在も知らないで普及運動などできっこありませんね。まず私たちがＪＩＳ製品を買って使ってみましょう、そしてその結果によって運動の是非を決定しましょう」

一週間ほど置いて、役員たちが集まった。

「店屋を回りましたけど、電球、鉛筆、消しゴムくらいしかＪＩＳ製品は見つかりまへんでしたわ」

「電球はパチパチよう切れました」

「鉛筆も削ってる最中にポキポキ芯が折れましたで」

「ましなんは、消しゴムくらいでしたなあ」

実際に使ってみると、決して品質が良いといえるものではなかった。これでは、ＪＩＳ製品の推奨は無理だ、どうやって、この現状を良い方に転回して行くかと正子が思案を巡らせていると、

「ＪＩＳマークはひとまず置いといて、国産品愛用運動の構想についてご説明いただけますか」

と要望があった。これは助け船と、正子は説明を始めた。

「明るい家庭を作るために物価の引き下げ運動をしてきました。しかしもう一つ忘れているものがあります。主婦が良い品物を見分けて、上手な買い物をすることです。それには商品知識が必要です。物がだんだん豊富に出回ってきている中、おかみさんたちが賢い買い物をできるようにならなければなりません。官庁から手助けをしてあげようとの申し出もあります。官庁が後援してくだされば、会員以外の一般の主婦たちも付いてきてくれるでしょう。上手な買い物読本を編集して、一般の主婦にばらまいたり、講演会や映画上映会、百貨店での展覧会などをやりたいと考えています」

正子が構想を話し終えると、

「やっぱり、そういう身近な問題を取り上げていくのはよろしいな」

「楽しそうですね、私ら主婦向きやと思います」

正子が思っていたとおり、身近なテーマへの反応はよく、あちらこちらでうなずく頭が見えた。平和運動に注力すべきという反対意見も多く出たが、平和運動班と国産品愛用運動班の二班を作り、各会員の自主性で運動のテーマを選ぶことが決まった。

ＪＩＳマーク普及への協力要請にきた松沢と青木に役員会の結果を連絡すると、正式に『ＪＩＳの普及運動の提携』が申し込まれた。官庁がこの運動に乗り出すのは大阪府が初めてで、七百万円の予算が見込まれた。

官庁と関西主婦連合会は連携し、各メーカーや商社に規格の整備を呼びかけて、良品質の製品作りでＪＩＳマーク保証の裏付けを進めた。二月二日、関西主婦連合会、大阪府商工部、通産省、工業技術院、府工業協会の代表が集まり、展覧会会場候補である大阪市の心斎橋の大丸百貨店で、買い物展の一回目会議が開かれた。『上手な買物読本編集』『上手な買物展の七月開催』を含む複数の計画が立案され、国産品愛用運動が始動した。

『上手な買物展』の成功に向けて動き出したおかみさんたちは、物価値下げ運動に集中していた視野を広げ、広い商品知識を身につけて上手な買い物をすることこそ家庭の経済を豊かにするのだと信念を持ち始めた。他団体と連携しての準備会を重ねるごとに自信を深め、それが行動にも反映されていった。急進派のグループへの気兼ねも遠慮もすることなく、自分たちの目標を目指して突き進んだ。

日本の国は貧乏です。私たちの家庭も貧乏です。だからといって必要なものも買わないで、耐乏一辺倒では生活は向上しません。一定の収入の下で、どれだけ有効に使うかが主婦にとって大切な仕事であり、明るい家庭をつくる源です。ぜいたくな外国品を買うと結局は国家も家庭ももっと貧乏になります。良い品質の国産品をつくるために日本では国家規格として、JIS（日本工業規格）が定められ、毎日優秀な国産品が次々とつくり出されています。上手な買い物、良い品質の国産品をみつけることからはじまります。国産品のいきた使用は、私たちの家庭と日本の国を明るく豊かにします。

催しの趣旨を明確に訴えて、七月十三日から十八日まで大丸百貨店で、『主婦の商品学校上手な買物展』が開催された。

見るだけでなく、百貨店の売り場までを会場に楽しめる参加型のアトラクションまで用意した、楽しみながら知識を身につける構成で、盛況に終わった。

無事に展覧会をやり遂げた後の反省会で、おかみさんたちの表情には楽しい気持ちがあふれていた。一日中、駆け回った疲れも見せず「また、来年もしまひょな」と口々に言い合う様子に、正子は、記念すべき『第一回　主婦の商品学校』の成功と、おかみさんたちの自信と意気込みという二重の成果を噛みしめた。

この『上手な買物展』開催をきっかけに関西主婦連合会は、原点に立ち戻った。政治的活動に力を注ぎたい婦人たちは自分たちの組織を立ち上げ、正子たちは鴻池新田の主婦の会時代から続く、台所に根を下ろした消費者運動、おかみさんたちの生活を守る闘いに焦点を合わせた。

「ぬかみそくそうて、よろしいねん。家庭の生活が明るなって、子どもがよう育ってくれたら、社会の将来はおのずと明るなります」

一九五四（昭和二十九）年、原点に立ち戻った関西主婦連合会は、おかみさんたちが本領を発揮して、少しずつ少しずつ粘り強く現実を良くしていく台所からの運動を展開していった。

# 第七章　弱き者とともに

正子たち関西主婦連合会がＪＩＳマーク普及運動をきっかけに、賢い主婦になろうと『主婦の商品学校』を始めた一九五四（昭和二十九）年の末、日本は神武景気に沸き始めた。高度経済成長下、物資不足や食糧危機は遠い昔のようになり、人々は消費を楽しみ始めた。そして変化する世の中の片隅で泣いている人たちもいた。その人たちの救済に正子は動いた。周囲の人間が思いとどまらせようとする危険な状況にも怯《ひる》むことなく動いた。ＧＨＱとの共同戦線によって開花した自信と行動力で、現実を変えるために動いた。

◇

世の中が神武景気に沸く一九五五（昭和三十）年の十月十五日早朝、若い女性が正子を訪ねて来た。小さな風呂敷包みを胸の前でぎゅっと抱えて小刻みに震え、厚化粧がまだらにはげ落ちた顔は青ざめている。

「京都の橋本新地の、かすみ楼から、逃げて来ました。昨日の晩から泊まったおなじみさんを、明け方に送り出した足で、ここまで、逃げて来たんです」

息も切れ切れに、すがるような目で彼女は話した。橋本新地は京都と大阪の府境、淀川の堤防沿いに位置し、昔、東海道の宿場町として発展した地で、今は遊廓街として賑わっている。

「そのおなじみさんが、ちょっと前の新聞記事やけどな、言うて、この記事を見せてくれて、逃げるんやったら、大阪の、関西主婦連の会長の、比嘉正子、という人を訪ねなさい、きっと助けてくれはるやろうと、教えてくれました」

小刻みに震える指で着物の胸元から小さく折り畳んだ新聞記事を差し出した。切り抜きで日付は分からなかったが、父親の借金のかたに酌婦をしていた女性への、最高裁による人身売買による前借金無効判決の記事だった。彼女は、今にも追っ手が来やしないかと、少しの物音にもびくびくしている。息こそ落ち着いてきたが、体の震えは収まらず顔は青ざめたままだ。

「あなた、お名前は」

「戸部秋子、言います」

助けるといっても何ができるか分からないが、恐怖に震える彼女をそのままにしてはおけず、正子は玄関横の二坪ほどの応接間に通した。

戸部秋子は大分県北部の農家の生まれで、八人姉弟の次女だそうだ。一九五三（昭和二十八）年に新制中学校を卒業し、就職先を探している最中、知人のつてで福岡の食堂への紹介話が舞い込んできた。喜んで頼って行くと若い女性を紹介され、連れて行かれたのが遊女を置く飲食店が建ち並ぶ一角にある小料理屋だったという。

「女の人たちはおしろいの匂いがプンプンする厚化粧で、少しも食堂らしくなくて、びっくりしました。それで不安になって逃げ出したんですけど、すぐに捕まえられて…その晩に…」

秋子は風呂敷の上に、左手で右手の拳を包むようにして置いた手に視線を落とす。正子は黙って待った。秋子はうつむいたまま、左手の親指の腹で右手の親指の爪を撫でながらポツリポツリと話しだした。

「店のだんなに無理矢理…それで、お前はもう生娘やない、逃げ出したところで元の体には戻らん、よう稼いで借金を返すこっや、言われて」

一か月ほど店に出たが、その間の着物代まで借金になって増えていった。途方に暮れて泣き泣き暮らしていると、「本当の食堂に世話してやろう」という人がいて、座敷を貸す貸席屋の仲居になった。客を取らない仲居の仕事にほっとしたのも束の間、三十歳代半ばの男に目をつけられて、タクシーでむりやり別の歓楽街へ連れて行かれた。逃げ出すこともできずに五か月ほど経つと、またその男に下関にくら替えさせられ、男は秋子を売った十三万円を持ち逃げ。下関の店主は、別の仲介人を通して十六万円で秋子を京都の橋本新地へ売り飛ばした。

「それが、逃げ出してきたかすみ楼です」

逃げ出してきた秋子は無一文で二十一万円の借金を抱えていた。文字どおり身に覚えのない金額が、十八歳の秋子の体を縛りつけていた。時々、声を震わせて話し終えた秋子は、潤んだ目で正子をじっと見た。

救ってやりたいとは思っても、特殊飲食店における売春行為は法で認められている。そこで働く女性たちは、どんな非道な扱いを受けても泣き寝入りするよりしかたないのが現実だった。遊廓街には頑強な用心棒の組織が全国的に張り巡らされていて、どこへ逃げても連れ戻され、追っ手の旅費まで加算され余計に膨らんだ借金を抱えて、逃げ出したことを後悔するような悲運の上塗りが待っていた。

「どうしてあげられると今言えないけれど、ともかく今日はゆっくり休みなさい」

正子の言葉に、秋子の顔にかすかな安堵の色が浮かんだ。夫の賀盛に事情を話し、秋子を客間で休ませてから正子はこれからのことを考えた。売春禁止への世論が高まり、前借金無効の判決はあっても、この年の七月の国会で売春禁止法の提案が四回目の否決をされていて、遊廓街の力は依然として強固だった。

これは一筋縄ではいかないぞと思っていたら案の定、秋子が逃げ出す前の晩に泊まった客のところへ、「連れ出した女を出せ」と郭の用心棒が脅しにきた。正直にほんとうの名前と住所を記帳していたらしく、その客の実家や勤め先の会社まで相手に知れてしまった。客本人の家に連日押しかけるのはもちろん、実家に押しかけ、「女を出せ、出さんのやったら女の借金を払え」と彼の母親に詰め寄る。品行方正と信じていた一人息子が遊廓通いをしていただけでも驚きなのに、頑強で強面の男たちに毎日脅されるショックで母親は寝込んでしまったという。さらに都島区にある勤め先の会社にもやってきて、重役室にまで入り込んでいるという。

都島区にある会社にまで来ていると聞いて正子は、このまま秋子を家に置いていては危ないと危機感を強くした。考えあぐねた末、関西主婦連合会の芦田糸子という会員の夫君が手広く建設業を営んでいることを思い出した。仕事柄、屈強な男性たちが集まっている。万が一の場合、力に力で対抗できるのではないかと考え相談したところ、「うちで預かりまひょ」と引き受けてくれた。万事安心というわけにはいかないが、秋子が都島区から離れることも少しの気休めになった。

次の手を考えていると、どこでどう聞き込んだか産経新聞の滝本弘という記者が正子に取材を申し込んできた。副会長の一人、花井良枝以外には関西主婦連合会の役員たちにも戸部秋子のことは打ち明けていない事情だ。渋る正子に滝本は粘りにねばり、とうとう秋子の名前も顔写真も本籍も、身元につながるようなことは一切書かぬ条件で取材に応じた。

取材が終わると正子は、秋子を預けている芦田宅の管轄署に向かった。ことがあからさまになれば、秋子の所在も突き止められやすくなる。芦田家と秋子の保護を訴え出て、署長から、「遊廓街の用心棒から監禁を受けた場合は警察権を行使する」という言質を取った。

警察から保護協力の約束を取り付け、ひとまずの安心を得て正子は記事の掲載を待った。約束どおり秋子個人の詳細は伏せられていたが、取材に応えた正子は実名で報じられた。独占取材記事は特ダネとなって大反響を呼び、激励の投書がたくさん届いた。正子は、もう大丈夫だろうと判断し、花井良枝にだけ打ち明けていた秋子の預かりについて役員会にかけ、関西主婦連合会として戸部秋子の救出と保護に当たる方針への賛同を得た。担当は正子と花井良枝に決まった。

役員会の数日後の昼下がり、一人の女性が救いを求めて正子の元を訪れた。石井信子と名乗り、戸部秋子より少し年上に見えた。

「四国の漁村の漁師の家に生まれました。村は貧しくて、うちも貧乏でした。父親が高利貸しから金を借りて、いくら働いても追いつきませんでした。それで父親を助けたいと、京都の新地に前借二万円で身売りしました」

化粧気のない顔は血色が悪く、時折震える薄い肩が痛々しい。

「一万五千円を父親に渡して、五千円を旅費にして京都まで来ました。最初の日に店のだんなさんから『お前の借金は三万五千円や、せいぜい働いて返すんやで』と言われて、なんで二万円が三万五千円になるのか不思議に思うたけんど、怖おうて聞き返せんかった」

記憶が甦ってきたのか、信子は肩をすくめてうなだれる。

「それで、何年働いているの」

「もう、三年になります」

「今、借金はいくらあるの」

「九万円余りです。増えることはあっても減ることはありません」

窓からの日差しに照らされて、目尻が光って見える。

「昼日中、一人でよく逃げてこられたね」

正子が励ますように言うと、信子は顔を赤くしてうつむいた。

「あの…外で待っとる連れがおるんです」

「呼んでいらっしゃい」

促すと、屈強そうな若い男性を連れてきた。

「新聞でA子さんという女性の話を読んで、思い切ってお訪ねしました。自分たちは夫婦になる約束をしているんですが、前借りを返してやる金がありません。一所懸命貯金してと思っても、夜になるとじっとしていられなくて、毎日信子に会いに通って金を使ってしまいます。何とか二人で所帯を持ちたいと思うんですが、今のままではどうにもなりません。助けてください」

思い余ったようにそう言うと、彼は深々と頭を下げた。両膝の上で握った拳にぎゅっと力の込もるのが見えた。

鉄道工員をしているという彼に勤め先を確かめた上で、正子は
「楼主との片がつくまで、石井信子さんはこちらでお預かりしますから、あなたは所帯の準備をして迎えにおいでなさい」

と彼を帰らせた。

戸部秋子の件の解決もつかないのに、また重い荷を背負ってしまった。しかし、こうして頼ってきた信子を突き放すこともできない。「ええい、ままよ、なんとかなるわ」と心の中で威勢よく言って、「昼ご飯は食べたの」と信子に声をかけた。

信子を預かる腹をくくった翌日、今度は大阪の飛田新地から、田中光子という女性が正子の元へ逃げてきた。もう悠長に話を聞いている場合ではなかった。

「どこか体の具合が悪いの？」

尋常ではない顔色の青さに、率直に問い質すと

「悪い病気を移されているのに養生する時間ももらえず、休んでいると、働け働けと責められるんです。お医者に行きながらお客をとってるんで、いつまで経っても治りようがありません。毎晩毎晩、生き地獄です」

と泣きじゃくる。

光子も自宅にかくまうほかないが、これからも、次々と飛び込んでこられることは想像に難くなかった。自分の投じた一石の波紋の大きさと責任の重大さに今さら驚き、何とか解決を急がねばならぬ羽目になったと、追い詰められた状況をひしひしと感じた。

まず急ぐのは戸部秋子の件の解決だが、どう知恵を絞っても、それには、かすみ楼の楼主に体当たりするしか方法がなかった。正子も花井良枝も遊廓というところは行ったことも見たこともない。秋子の足抜けを手伝ったなじみ客本人だけでなく、彼の実家や勤め先にまで脅しをかける用心棒のことを考えても、ずいぶんと恐ろしいところのようだ。正子は一計を案じて、産經新聞記者の滝本に、引き続きの取材を兼ねて同行してくださらないかと連絡をした。

初めて足を踏み入れる遊廓への同行を快く引き受けてくれた滝本とぴたりと並んで歩きな

がら、男の人とすれ違うたび、緊張に体がピクッと跳ねた。暴力を振るう輩《やから》ではないかと恐怖心が湧いてきて、胸の動悸と足の震えをどうすることもできない。ここを逃げ出してきた戸部秋子の決死の覚悟を思い、「勇気を出せ、勇気を出せ」と自分に言い聞かせる。かすみ楼の楼主は会うだろうか。つまみ出されるのがおちだろうか。「借金をどうしてくれる」と怒鳴られるのではないか。考えるのはよそうと思えば思うほどあれこれと頭に浮かび、怯む心に鞭打って、かすみ楼の前に立った。

暖簾《のれん》をくぐったところで待っていると面長の中年男性が出てきた。「私が亭主です」と言う態度は丁寧で、意外にも紳士的だった。

「戸部秋子さんのことで」

と正子が切り出すと、楼主はうなずいて話し始めた。

「新聞を読んだとき、あなたに一度お会いして私の気持ちも聞いていただきたいと思っておりました。騙されて売られてきたとは露ほども知らず、遊廓街の慣習として仲介人の話を信用して抱えたまでです。悪意があったわけではありません。未成年ですので、なるべく店に出さないように心がけてはおりましたが、なにせ下関から来た時の借金を肩代わりして払ってやったものですから…」

「借金のこともよく存じております。ご迷惑をおかけすることは重々承知の上でのお願いです。本人は初めから悪い紹介人に騙された哀れな子です。真面目に生きたいと申しております。借金を棒引きにして解放してやっていただきたいのです」

方便ではなく、本当に郭にとっては迷惑な話だろうと本心から思いながら、正子は頼んだ。

「事情が分かれば、私も鬼ではありません。前貸しは無効にしましょう。秋子に更生するようにお伝えください」

解放の約束と前借金無効の証言を得るまで、かれこれ二時間の話し合いで済んだ。案ずるより産むが易しとはよく言ったものだと正子は、思い切って楼主に体当たりして良かったと思った。楼主の物分かりの良さと、そこへ導いた世論の力に感謝した。

飛ぶようにして家に帰った。午後十一時を回っていたが、夫の賀盛は居間で本を読みながら正子の帰りを待っていた。

「ただいま帰りました。すっかり遅くなりました」

正子の声の明るさに安堵したように賀盛はうなずいた。

一刻も早く秋子に知らせてやりたいと、荷物を床に放り投げるように置くと受話器に手を伸ばした。今日、正子がかすみ楼に談判に行ったのは芦田の家の人も知っている。電話のベルが二度鳴り終わらないうちに、関西主婦連合会の会員でもある芦田夫人が電話に出て、秋子を呼んでくれた。自由の身になったこと、前借も無効となったことを伝えると、秋子は電話口の向こうでわーっと泣き出した。

今日の交渉が自分たちの行く末にも関わると寝ずに待っていた信子と光子も居間に出てき

ていて、電話を切ると正子に飛びつかんばかりの勢いで声をあげて喜んだ。

「大丈夫、安心しなさい。あなた方のも、うまくやってあげる」

高揚して気が強くなった正子の言葉に、二人は泣き出しそうな笑顔でうなずいた。

信子や光子から聞く郭の内情は正子の想像をはるかに超える悲惨さだった。客が払う代金から本人の手元に入るのは一割程度、そこから親元に仕送りをして、残ったお金から呉服代、化粧品代に食費、水道代や洗濯機の使用料まで払う。さらに楼主が前借金を肩代わりしている銀行への利息の支払いがある。前借金を返すどころか借金は増えていく。

夕方の六時ごろから明け方の四時ごろまで、多いときには一晩で十人もの客を取る。疲れをごまかすために郭の子はたいていがヒロポン常習者で、黙って売ってくれる馴染みの店がある。体はよけいに蝕《むしば》まれ、金も出ていく。悪い病気を移されることも多い。病気になっても冷たくあしらわれて、天井裏の狭苦しい部屋で苦しさに唸りながら耐えるばかりで、十分な療養など望めない。客もろくに取れず、こつこつ貯めた金もなくなれば薬も買えずに、そのまま死を待つしかない。

二人から話を聞くたびに正子の気持ちは沈んだ。そして、いったん足を踏み入れたが最後、よってたかって生き血を吸う仕組みのがんじがらめではないかと思うと、沈んだ心の底に憤りが湧いてきた。正子の家に来てから、少しずつ顔色がよくなってきた信子、光子を前に、日本国中にそんな女が幾万もいるのだと、怒りとも嘆きとも言えない気持ちになった。一日も早い彼女たちの解放への祈りが二人の救い出しへの情熱になった。

信子、光子それぞれの楼主に連絡を取り、交渉に出向いた。郭の楼主との直談判に向かう正子に、「郭の中へ一人で入るのは危ない、へたをしたら殺されるかもしれない」と周囲は心配した。向こう見ずのところもある正子だが、交渉に当たって細心の注意を払っていた。対策の一つは、近くの交番所に「今日はどこそこで売春婦の前借無効の交渉をするので、万が一のことがあった場合には、どうぞよろしくお願いします」とあらかじめ願い出ておくこと。もう一つは、必ずどこかのマスコミの記者に一緒についていってもらうこと。護衛と証人になり、ことの成り行きが記事にもなる。世論が追い風になれば願ったり叶ったりだった。

信子の楼主とは彼女を抱える京都七条新地の店で、光子の楼主とは相手が指定した大阪飛田新地近くの喫茶店で会った。両楼主ともまず、信子と光子の非をなじった。その言い分を聞けば、一人から聞いた話とかなり食い違うところがあった。両者並んでの話ではないので、どちらの言い分がどこまで事実に近いのか分からなかったが、この制度は早晩なくさなければならないという正子の考えは揺るがなかった。正子が考えるその道理を話すと、どちらの楼主も、

「まあ、私も、決してええことやとは思うてはおりません。本人が更生すると誓うんなら、前借は無効にいたしましょ」

と同意してくれた。ただ、どちらの楼主も

「ただし、二度と赤線で働けへんことが条件だっせ。万が一、舞い戻ってきたときには、比嘉さん、あんさんに責任を取ってもらいまっせ」

と付け加えた。やっとの思いで抜け出した苦界に舞い戻ることがあるだろうかと思いながら正子は、『前借金棒引き』『追っ手を絶対に向けない』『本人の荷物を返す』の条件をのむことを確認し、信子と光子の解放の話をつけた。

新聞で読んだと、その後も正子に救いを求めて来る郭の女性が次から次へと現れ、合計十五人の救い出しに奔走した。

彼女たちの事情は様々だったが、共通する背景は生活苦だった。郭を取り仕切る組合幹部たちから、「比嘉正子には迷惑している、私たちの敵だ。前借金無効などと言わないから金を送ってください」と娘へのつけで送金を願ってきた親からの手紙を見せられたこともあった。正子は、本人の知らぬ間に増える借金の理由と、二度と赤線で働かないことを条件に加えた信子と光子の楼主の言葉の訳に思いをめぐらせた。

正子は、カゴの鳥の救い出しは更生の道筋をつけるところまで行って、やっと一段落だと考えた。年若くから郭での生活しか知らない彼女たちに、家庭を守っていくための生活の知恵や技術を教え、仕事先や、ときには縁談の紹介をして、新生活を始める手伝いまで行った。

そして、二度と郭に戻ることがないようにと心底願い、

「困ったら相談に来てもいいけれど、売春婦をしていたことを一日も早く忘れるのがいい

でしょう。会いに来れば、また自分の過去を思い出すに違いない。私に助けられたことも忘れなさい。私も忘れることにします」

とそれぞれを送り出した。

◇

カゴの鳥の救い出しに奔走した翌年、一九五六（昭和三十一）年七月、政府が経済白書で、「もはや戦後ではない」と宣言した。経済は高度成長を続け、一九五七（昭和三十二）年には、三種の神器と呼ばれるテレビ、洗濯機、冷蔵庫が一般家庭にも普及し始め、一九五八（昭和三十三）年、一万円札が登場。勢いを増していく高度経済成長期は、石炭から石油へのエネルギー革命の時でもあった。明治期の日本の近代化の推進力であった炭鉱は閉山への道をたどり始めた。このままでは多くの人たちが職を失うことになると、正子は関西主婦連合会あげて炭鉱離職者の救済に乗り出した。

一九五九（昭和三十四）年の秋、福岡県田川市の炭鉱離職者に向けて、衣料品、医薬品、学用品などの生活必需品と、善意の寄金を贈った。そして翌年の一月十五日、関西主婦連合会の役員二人と炭鉱住宅街の視察に行った。

「次に何ができるか、ここであれこれ考えているだけではだめだと思う。実際にこの目で見て、ヤマの人たちに会って、そこから見つけないと。当事者から始まる救済でないと意味がない」

「そうだす。それでこそわてらの運動だす」

「理屈だけでは、物事、動きまへんよってな」

関西主婦連合会の総意を背負った三人の手には、大阪の薬品メーカーに呼びかけて集めた三十万円分の医薬品があった。

田川市の元室井豊徳、田中新庄、長屋位登の三つの炭鉱地を巡ったが、現地の生活状況は聞きしにまさる悲惨さだった。地盤が緩いせいか、ひどく傾いた平屋建ては屋根瓦も壁も落ちており、屋内の建具も傷み放題。畳代わりに筵《むしろ》やゴザを敷き、雨が降れば家のなかでも傘を差すという家も珍しくなかった。この状態の家すら追い立てが進み、電気は止められ、水道施設も撤去されていた。

四十四世帯の水源は釣瓶《つるべ》の壊れた井戸一つ。水枯れを防ぐために制限付きで使い、水汲《く》みを朝の日課にしている子どもたちが、その日一日分の水を各家庭の瓶に運ぶ。瓶の中を見せてもらうと水質が悪く、衛生的な生活など到底望めるものではなかった。

燃料は豆炭以外にない。文明から切り離されたような環境下で、もちろん衣服が十分なわけでなく真冬の寒空に着た切り雀、食べるものといえば親指ほどの大根を常食に、ザリガニが貴重なたんぱく源という。ヤマの人たちが厳しい生活を余儀なくされているとは思っていたが、廃墟に取り残されたようなその有様に正子は言葉を失った。

国産品愛用運動を展開しなければならないほど、高価な舶来品を買い求める人たちがいる一方で、このような暮らしに喘ぐ人たちがいる。社会の変化の中で生まれた溝にはまってもがく人たちがいる。正子の胸はぎゅっと絞られるように痛んだ。社会は存続のために進み続けなければならない。同時に、誰かにしわ寄せを押しつけることがあってはならないのだ。

「このヤマの人たちをこのままにしてはおけない」

正子たち三人は田川市役所に向かった。『炭鉱離職者臨時措置法』を立案した市長の坂田九十百は、関係者たちと一緒に炭鉱の人たちの就労対策に精魂を傾けていた。しかし炭鉱で栄えてきた町で新たな仕事の確保、それも大勢の人たちへの確保は容易ではなかった。大阪から支援にやってきた正子たちに坂田市長はその現況をあからさまに話してくれた。

「炭鉱離職者臨時緊急対策委員会で炭鉱住宅街の人たちに仕事の斡旋をしておるんですが、最近は日雇いの道路改修工事や杭の補修作業がやっと。男の人で一日三百五十円、女の人は二百五十円。ニュースになっているような労働争議も一握りの過激な連中がしていることでして、ヤマで働く人たちのほとんどが、なんとか更生の道を開こうと職探しに懸命です。その努力になんとか応えたい」

坂田市長は苦しげに唇をへの字に結ぶ。争っているよりも新しい職を見つけたい。実際のところそれが人情で、切羽詰まった人間というのはそういうものかも知れない。今しがた見てきた炭鉱住宅の有様、瓶の中の濁った水を思い出し、毎朝、釣瓶の壊れた井戸から水を汲む子どもたちの姿を思い浮かべた。

「あれだけの勤労意欲があれば、たとえ未知の方向への就職でも、不安はあっても、きっとお世話願った期待にはお応えできるはず。どうでしょう、比嘉さん。就職の斡旋、できれば世帯ごとの就職を斡旋していただきたい。そのためにも、職業訓練所を作って、大阪へ出かける人材を養成します」

正子の胸に、明治期の社会の変化の中で苦境に陥りながら、士族の誇りを守り生きてきた正子の父宗重の姿がありありと甦り、未知の世界に飛び込み、新しい生活を切り拓いていこうとするヤマの人たちの気概と重なった。坂田市長の意欲に満ちた力強い声も頼もしかった。正子は同行の役員二人を見た。どちらも、異存はないというように強くうなずいた。

「できるだけ早く、一人でも二人でも就職できるように努力しましょう」

正子は迷いなく応えた。

大阪に戻るや正子たちは直ちに具体的な対策を練り、行動に移した。

大阪府、大阪市、大阪商工会議所、関西経営者協会などに積極的に働きかけ、関西主婦新聞で炭鉱住宅の現況を知らせた。主婦たちが読む新聞には、生活用品のメーカーや販売店など、全国屈指の大企業や地域企業が広告を出しており、その広告主にも記事は届く。さらに「恵まれない状況にあるヤマの人たちを救うにはまず、職場を」と提唱する関西主婦連合会が自ら窓口役を引き受けるこの運動はマスコミに取り上げられた。

一家族ごと引き受ける、という求人申し込みが相次ぎ、正子たちは嬉しい悲鳴をあげた。多くの人々の惜しみない協力と温かい善意を得て、正子たちの就職支援運動は実を結び始めた。就職が決まり大阪に越してきた家族の嬉しそうな姿に正子たちの胸は明るく弾んだ。

ところが、こうして炭鉱の人々、田川市の関係者、そして正子たちの働きがまさに結実しようとする矢先、関西主婦連合会の運動に対して、大阪府職業安定所から「職安法違反だ」と苦情申し立てがあった。

「私たちは、田川市で職業訓練を受けるヤマの人たちと大阪の企業の仲立ちをしているだけ。職業斡旋とおっしゃっても、私たちのしているそれは縁結び。儲けてもおりませんし、それ以上のことに立ち入ってはおりません」と職安に何度も出向いて事情を説明し、「ようやく実を結び始めた運動を最後までやり遂げさせてもらいたい。せめて、今進んでいる話が成るまでは私たちにやらせてほしい」

と懇願したが事は収まらなかった。ヤマの人たちの希望になればと、その依頼に応えて懸命に取り組んできたことなのにと思いながらも、やむなく関西主婦連合会はこの運動を中止した。

「制度の壁を越えなければ、力の発揮に限界がある」

その無念さを突き破るような情熱が心の底から湧き上がってくるのを、正子は感じた。

# 第八章　生活を守る改革

戦後まもなく、食糧難から庶民の生命を救うため闇値切り崩し消費者運動に奔走した正子。その運動の背景には生活の基盤となる物価の安定を図るＧＨＱの政策があった。

正子はＧＨＱの政策に協力するに当たって、「ＧＨＱの要請から始まったことですが、やると決めた限りは自分たちの運動だという考えで行います。自分たちの意思で行動するのですから、たとえＧＨＱであっても言いなりにはなりません」と明言し、自主性の尊重を条件とした。

敗戦によって主権を失ったとはいえ従属はしない。その意思で臨むＧＨＱ幹部との対話、彼らを納得させる実践は、正子の合理性を磨いていった。

高度経済成長を迎えた日本で正子たちの消費者運動は、値下げ要求一辺倒から脱却、磨いてきたその合理性をもって生活を守る改革を実行した。

一九五六（昭和三十一）年二月、大きな乳業会社が病院や会社を対象に一本十円の値下げを行った。それを受けて早速に家庭用牛乳も同様に値下げせよと要求する運動が各都市で相次いだ。

都市の家庭用牛乳の相場は十五円から十七円だから、五円から七円で売れということになる。正子はその要求価格を現実的だとは考えなかった。へたをすると酪農家泣かせになり、品質の保証を危うくする。物価というものは需給の事情や原価計算に基づいて適正価格を決めなければならない。ここは慎重に進めようとまず、栄養分析、原価計算、それに現状把握のための情報収集と牛乳に関する調査を行った。

各地で値下げ運動が活発になっていくのをよそに表立った動きを見せない関西主婦連合会に、マスコミや消費者からまだかまだかと矢の催促が入ったが、正子たちは慎重な姿勢を崩さず徹底的な調査を続けた。そして二月下旬を迎える頃に適正価格がまとまった。

農　家　：五円五十銭（純益三円八十銭）
工　場　：三円五十銭（純益二円）
小　売　：三円（純益二円）
消費者価格　：十二円

「生産地から大阪までの距離分の流通費用を多く見積もって、一本十三円というところだね」

手元の資料から顔を上げて正子が言った。

「そうだす」

「牛乳にかけてはベテラン言うてもええくらい、調査しましたよってな」

調査の責任者である役員たちは自信たっぷりに答えた。

「それでは、十三円を妥協価格と、腹に置いて、まずは十二円から交渉を始めましょう」

すぐさま関係団体に連絡を取り、業界からの代表者と関西主婦連合会の役員数人との交渉に臨んだ。作戦どおり十二円から始めた一回目の交渉は物別れに終わった。

「一本十二円への値下げ。この要求が通らなければ、三月五日ごろをめどに不買運動を開始します。そして不買運動と同時に、十二円牛乳の直売店を持ちます」

正子は予測していた結果に動じることなく、強い姿勢で、作戦どおり事を進めた。不買開始の期限がきても業者側の回答はまとまらなかった。

「十二円牛乳の直売店の準備はできているので、直ちに実行します」

と宣言を出すと、値下げの可能性があるから八日の交渉まで待ってくれと泣きついてきた。そして当日、

「十四円。これが、ぎりぎりの値下げ価格です。これ以上は、びた一文下げられる価格やありまへん」

業者側も引かない。

「そうですか。では要求価格の十二円から一歩譲って、十三円。私たちもこれ以上の譲歩はできません」

双方、一歩も譲らずの構えで睨み合った。

延々と椅子に座り続ける姿勢がつらくなり、畳の部屋に移るなど気分転換も図ったが、両者対立のまま時間が過ぎていく。日も沈み、窓の外は暗くなったが、夕食の準備のことも留守

宅のことも忘れて正子たち十人の役員は粘り続けた。

業者側の人員は、長引く交渉を心配して駆けつける加勢で増えていく。圧倒的な数の差にも正子たちは一歩も引かず粘った。時に決裂しそうになるハラハラヒヤヒヤの駆け引きが続いた。午後一時三十分から始めた交渉が八時間を過ぎた頃、小売組合長が十三円で折れ合う様子を見せた。この時ばかりと正子たちは一押しした。すると組合員の人たちがいきりたち、

「妥協してみろ、組合を脱退してやる」

と怒鳴った。加勢で人数が膨らんだ交渉は混戦し、交渉の収束は見えなかった。

「双方の代表者のお二人、ちょっと」

同席の大阪府食品衛生係長が交渉の膠着《こうちゃく》を見兼ねて正子と小売組合長を別室に呼んだ。

「どうでしょう、両方とも折れ合ってもらえませんかね。五十銭ずつ歩み寄ってください」

十三円で折れ合う様子を見せていた組合長は、その仲裁に応じる姿勢を見せた。妥協すれば組合を脱退するといきり立っていた組合員の声と形相を思い出し、正子は組合長の譲歩を大きな決断と受け止めた。相手ばかりに譲歩を強いて組合を分裂させるのも忍びなかった。

「分かりました。十三円五十銭で妥結しましょう」

落としどころと決めていた十三円での交渉成立とはならなかったが、正子はこの妥結を上々の成果だと受け止めた。役員たちの表情にも不満の色はなかった。多数の業者を向こうに回して引かず、八時間以上粘りに粘って十三円を主張できたのは、慎重にありとあらゆる

資料を集めて作った適正価格だという確信があったからだ。

「値下げ運動は、下げろ下げろの一本槍の時代は過ぎたよ。これからは適正価格を見極めて、その実現に力を尽くしていこう」

時代に応じて立てた方針で成果を上げた手応えがあった。

この大阪府の業界の値下げ決定に京都、神戸も同調し、一斉に牛乳の価格を十三円五十銭に引き下げた。その事態に、京都、神戸、そして東京の運動団体から、「もっと安くさせなければだめだ。いい加減に妥協して私たちの運動に水を差した」と、関西主婦連合会を咎《とが》める声が上がった。その叱責にも一理はあると受け止めた上で正子は、しかし、と応じた。

「仮に十二円に固執して直売店を始めたとしても、限られた地域の人たちしか恩恵に浴せない。それよりも、大多数の消費者が十六円から十三円五十銭に値下げされた牛乳を飲める方が、運動の効果は大きい」

ところが、たとえ折れても運動の実を取ろうとする正子の方針は、実際的と揶揄《やゆ》された。そしてその冷たい風が正子を奮い立たせた。

「消費者だけでなく生産者や販売者も生活者なんだ。より多くの人が安定した生活を続けていくための運動でなければならない。それが賢いおかみさんたちによる、これからの消費者運動なんだよ」

その新しい視座を共にする同志たちと、正子は自分の信じる消費者運動の道をひたすら進み、一九五九（昭和三十四）年、関西主婦連合会は、「牛乳をもっと安く、もっとたくさん」をスローガンに、直販方式による関西主婦連合会の『主婦牛乳』の普及運動に乗り出した。

三月十六日、「みんなの牛乳 正しい牛乳 主婦牛乳」というキャッチフレーズで、一八〇cc瓶入り一本十二円で売り出した。大阪市内十二の中小メーカーが、主婦牛乳協会を作り、地域的に直接配達を行った。さらに『主婦牛乳』宣伝班を作り、『ミルクマダム』『ミルクママ』と名付けた宣伝員を一般募集して総勢五十名を各地に派遣、一日一地域三百本の新規顧客の開拓に成功した。

販売開始から人気は上々で、事業は順調に進んでいた。ところが、一九六一（昭和三十六）年、主婦牛乳協会が人件費の高騰を理由に十六円への値上げを求めてきた。人件費高騰の理由は配達員の人手不足だった。

「今回の値上げについては、消費者運動でどうにかできることではないね。そこで考えたんだけど、ミルクコーナー販売方式、というのはどうでしょう」

急きょ集まった役員に正子は、昨夜、練りあげた計画を話し始める。

「何でっか、それ」

興味津々に皆の視線が正子に集まる。

「ショーケースを設置して、卸店から一括仕入れした牛乳を並べて置いて、消費者が買いに行くんですよ」

「はあ、なるほど」と一人が膝をぽんと叩いた。

「配達代で値の上がるのが嫌なら自分らで足運ぶ、いうことでんな」

話はすんなりと進み、その日のうちに正子が用意していた計画の実行に移った。モデルケースとして農林省から一台当たり百六十本入りのショーケースを九台借りて、大阪市内九か所に設置した。戸別配達から、そのショーケースへの一括納入に切り替えたことにより、十二円据え置きで販売を続けられることとなった。

毎朝玄関先に届いていた牛乳を買いに出向く習慣をつけてもらうための工夫を重ねながら、固定客はじわりじわりと増えていき、ミルクコーナー販売方式を始めて二年後、農林省の市販牛乳指導価格が十八円に値上げされたときも十五円で売ることができた。

相場より三円安い十五円という価格設定はメーカー側との十分な話し合いで決めた。綿密な計算から、メーカーには、農林省の行政指導の卸値価格十一円五十銭より二円高い十三円五十銭を支払うと決めた。そして売値十五円との差額一円五十銭を、ショーケースを設置している家への協力費として渡すことも決めた。

各ショーケース、毎日平均五百本を捌くので、一月当たり一万七千五百円のマージンとなり、朝から晩までのボタン付けの内職の相場の約四倍に相当した。

流通過程の合理化に消費者が協力することで、戸別配達人の不足、人件費の高騰、小売価格の値上げという業界の悪循環を断ち切った上、メーカーから高く買って消費者に安く売るという理想を叶えたミルクコーナー方式が成功。それは、一つの新しい消費者運動の形とも言えた。値段を下げろの一辺倒から脱却した消費者運動を目指す、正子たち関西主婦連合会の大きな前進だった。

一九六七（昭和四十二）年二月、この新たな消費者運動の形をより広範囲へと広げる機会が訪れた。全国酪農団体が農林省と大手メーカー三社に対して原乳価格キログラムあたり十円の値上げを要望し、それに伴いメーカーは卸売価格一本当り二円の値上げが必要と発表した。関西主婦連合会は早速、「生産価格の引き上げは賛成、小売価格に響く卸売価格の値上げは反対」と声明を出した。

正子は主婦牛乳販売の実績から、中小メーカーが大手三社より高値で原乳を買い入れても採算がとれているのを知っていた。大手三社は安く原乳を買い叩き生産者を圧迫していると見た。関西主婦連合会は、「経営状態が良い大手三社であれば、キログラムあたり今より十円高く仕入れても、販売価格に響かせずに採算が取れるはずだ」と確信を持って主張した。

その主張の裏付けに、正子と役員数名が東京の畜産振興事業団事務所に出向いて、経済企画庁、乳業会社、生産者、小売業者、消費者代表らを招いて、ミルクコーナー販売方式の実情報告会を開催した。

業者側からみれば、地域配達のためのガソリン代、人件費の節約となり、集金がその場で済むうえに固定客も確保できるとメリットが大きかった。消費者にとっては、一本十八円、十九円から十五円への値下げで文句なし。しかも売れ高次第でショーケース設置は商売にもなる。実績に基づいた詳細の説明に出席者たちから質問が相次いだ。

合理化の具体策を業界の改善にどんどん取り入れてもらいたいと、正子たちは熱を込めてその質問に答えた。

生産者も消費者も同じく生活者であるという視座で、生活を守る闘いを展開する関西主婦連合会の運動は頻繁にマスメディアにも取り上げられ、世間の耳目を集めた。

一九六六（昭和四十一）年一月、正子は政府の諮問機関、物価問題懇談会の委員に任命された。

一九六四年から六五年にかけて世の中は証券不況と呼ばれる深刻な不況にあった。にもかかわらず消費者物価は上昇し続けていた。政府は広く国民的基盤に立って物価問題を各方面から深く掘り下げて検討するために、物価問題懇談会を設置。占領下時代、ＧＨＱから指示される闇値対策、物価安定政策遂行に協力し続け、今は関西主婦連合会会長として消費者運動を先駆する比嘉正子の諮問委員への抜擢は不思議ではなかった。

正子は消費者団体の代表として、東京の主婦連合会を率いる奥むめおと共に物価問題懇談会に出席した。翌一九六七（昭和四十二）年からは内閣総理大臣の諮問機関、物価安定推進会議の委員となった。

正子は終戦直後から、米、卵、牛肉、牛乳、野菜などの食糧に、味噌、醤油、砂糖などの調味料、それに繊維製品、日用品、薬品、さらに電気、ガス、国鉄（現ＪＲ）などの公共料金、さらには風呂代、し尿汲み取り代まで、生活に関わる一切合切を対象に物価安定のために闘ってきた。その台所に立つおかみさんたちの生活を守る闘いの実績により、政府における正子の存在感は大きかった。物価問題懇談会の諮問委員としての登場を皮切りに、農林省、通産省、運輸省と、正子の政府に対する発言機会は増えていった。これまで在野で続けてきた消費者運動を公の場に反映でき、それは自分たちの運動をより強力に進めていく一つの道だと正子は力を注いだ。

物価と一口にいっても、物の価格にはそれぞれの背景や成り立ちがある。適正な物価を求める消費者運動はそこに目を向け、十分な検討の上に展開しなければならない。それには消費者運動の戦術も、どんどん複雑で高等になることが要求された。正子は物価に対する消費者運動の三本の柱を立てた。

一、政府の政策を促進させるもの

二、業界の合理化やモラルに訴えるもの

三、消費者自ら可能にするもの

そして、この柱にどう適っているかを明確に、無駄に力を消耗せずに効果を上げるために要点を押さえた運動を展開していった。

◇

一九四八（昭和二十三）年、大阪主婦の会の仲間たちと国内初の不買運動で牛肉の闇値切り崩しに挑んだ。尾を引く戦後の混乱の中、体力の源となるたんぱく源である牛肉を庶民の食卓へと、決行した不買運動だった。それからおよそ二十年を経て、牛肉はいまだ庶民にとっておいそれと買えない代物だった。美食ではなく栄養源としての牛肉であれば高価な和牛でなくともよい。比較的安価な輸入牛を食べればよい。それが台所のやりくりをするおかみさんたちの考えだった。

一九六七（昭和四十二）年十二月一日から三日まで、「和牛が高くてビフテキもすき焼きも食べられない、輸入牛肉を食べましょう」と正子たちは、農林省が畜産事業団体を通して関西主婦連合会に放出した輸入牛肉二十六トンを、大阪、兵庫、岡山の『主婦の店 ダイエー』の店先を借りて、すき焼き肉百グラム六十円で売り出した。

市価の半額での安売りに客が殺到、三日目半ばに仕入れた肉を売りつくし、六トンを追加して売り切った。三日間で三十二トンをさばいたことで正子たちは輸入牛肉普及への手応えを感じた。

一九六九（昭和四十四）年三月、大阪府内の八百軒の小売店と提携し、輸入牛肉を和牛の半値で売り出した。折り込みチラシ、ポスター、スポットコマーシャルなど宣伝や販促をぬかりなく行って人気は上々。これを一時のブームで終わらせないよう、同年十一月、大阪府内の食肉協同組合加盟店全店で、総量一五〇トンの輸入牛肉を売り出し、関西主婦連合会の輸入牛肉安売りの人気を定着させた。翌年、翌々年と、地域を拡大しながら大売り出しを続け、牛肉に馴染みのない東京で料理法を説明しながらの廉売も成功させた。

一九七一（昭和四十六）年九月、オーストラリアの政府機関であるオーストラリア・ミート・ボードから招待を受けた。オーストラリア牛肉の認知度を上げたこと、実際の販売を通じて普及したことへの謝意で、正子を含む五名が十月、オーストラリアへの視察旅行に行くことになった。関西主婦連合会が輸出国から直接の評価を受けたこの年の春、物価庁が輸入牛肉を消費者向けに安く払い下げたと放送があった。

おかみさんたちは大喜びで、市場に行くたびに肉屋の店先を覗いたが、いっこうに輸入牛肉は見当たらない。どういうことだろうと店頭で尋ねると、

「あんな臭い牛肉、買いに来るお客さん、いてはりませんよって、うちでは売っとりまへん」

「うちの暖簾が下がりますよって、売りまへん」

と、ぶっきらぼうな言葉が返ってきた。

では政府が払い下げた輸入牛肉はいったいどこへ消えたのか。関西主婦連合会は調査を進めた。その結果、政府が輸入牛肉を払い下げる団体は、ハム製造業、缶詰製造業、小売協同組合、牛肉競り業者で、この四団体の連携による伝票操作で、小売協同組合に払い下げられた牛

肉は他の三団体に横流しされていることが分かった。

正子はこの調査結果を持って、霞が関に出向いた。いつものことながら、アポなしの突撃である。顔見知りの警備や受付の人たちに挨拶をしていると、廊下の向こうに倉石忠雄農林大臣の姿が見えた。

「こんにちは、今日は倉石大臣にお話があって伺いました」

にこやかに会釈をしてそちらへ向かう正子に、

「おや、比嘉さん、所用で出かけるところでしてね。もう、車が待っているんですよ」

倉石は右手のひらを頭の横で軽く前後に振った。

「あら、それなら車の中でお話させていただきましょう。行く道の五分、十分で聞いていただけますから」

倉石と並んだところで、くるりと玄関の方に踵《きびす》を返すと談笑をしながら歩き出し、そのまま待っていた車に乗り込んだ。いつものことで周りの皆は驚かない。

「輸入牛肉の払い下げ、消費者たちは大喜びですよ」

ドアが閉まるや、車が走り出す前に正子は話し始めた。

「それはよかった」

倉石のその言葉に笑顔で一度うなずいてみせてから、正子は言葉を続けた。

「ところが、その消費者の喜びも束の間、実際に輸入牛肉を売っている店がありません。消費者用として払い下げた肉が、消費者に回って来ていないのをご存知ですか」

どういうことかという表情で正子を見る倉石に調査した事情を説明し、

「これでは、政府のせっかくの親心が国民に通じませんよ。消費者用の肉は消費者団体に払い下げなければだめですよ。輸入業者十六社による輸入権独占を見直してください」

と進言した。それから再三の陳情を繰り返し、八月も終わろうというある日、倉石から来省を求める連絡があった。関西主婦連合会事務局長の大谷初栄を同行して訪れると、大臣の口から、

「関西主婦連合会に千トン払い下げるから、売ってみなさい」

という言葉が飛び出した。農林省から関西主婦連合会への直接の払い下げ。正子は一瞬耳を疑ったが、すぐに跳びはねたいような嬉しさがこみあげてきた。特定業者への割当制を改革して、消費者が常時安価で牛肉が食べられるように独自の輸入枠を要求してきた訴えが聞き入れられたのだ。すると、

「素人にできるはずがないから、ご辞退なさったほうがいい」と同席の畜産課課長が辞退を勧めた。「衛生設備はどうしますか。それにどこで売りますか」

「東京は三越チェーン、関西はダイエーチェーンで売ります」

正子はとっさに思いつくまま答えた。口約束もしていなかったが、でまかせではなかった。これまで『主婦の牛肉の店』の廉売会で輸入牛肉の普及をしてきた実績がある。正子は隣に座

る初栄に、三越の東京本社に行って約束を取り付けてくるよう耳打ちをした。

辞退を勧める畜産課長と問答しながら待っていると、初栄が息を切らせて帰ってきた。首筋を流れ落ちる汗にブラウスの襟の色が変わっている。「輸入牛肉の販売を引き受ける」と書いた念書を差し出す手も汗で光っている。

「このとおり、三越さんから『売ってやる』と言っていただきました」

初栄の労をねぎらう間もなく、受け取った念書を机の上に置いて見せると、

「これは念書であって契約書ではないですね。信用できません」

畜産課長は無表情に言った。

「では、契約書と変えてきます」

と、まだ汗のひかない初栄がひったくるように机の上の念書をつかむと事務室を飛び出して行った。その後ろ姿を見送る正子の腹の底に、何が何でもやってやると燃えたぎる思いが湧き上がってきた。

初栄が大汗をかきながら持って帰った老舗の三越との契約書に、素人がどうやって売るつもりかという問題は片付いたところで、

「奥さんたちでは、大きな肉の解体などできないでしょうから、専門家を紹介しましょう」

と倉石からの援護があり、畜産課長も反対をあきらめた。

次に待っていたのは、関西主婦連合会への輸入牛肉千トン払い下げが決まったと聞きつけ

た業界からの反対だった。ただでさえ少ない輸入総量を分け合っているというのに、千トンも横取りされたのでは利益も面目も立たないと反発は強かった。その声が大きければ大きいほど、正子の闘志は燃え上がった。

「何もわからない素人だから怖いもの知らずでできることもある。政府にできないのなら、私たちがやってみせましょう」

口には出さないまでも、正子の腹の底にあるその声を聞き取っているかのように、一緒に動いている役員たちの熱量も並ではなかった。

輸入業者からの荷受け、解体、パック詰め、売店への配達まで一切合切を、倉石から紹介された専門家に任せ、関西主婦連合会は販売促進活動に専念。十月八日から東京の日本橋、銀座、新宿、池袋の三越で、九日から大阪・北浜と神戸の三越で一週間の売り出しを実施した。

どこも盛況で、北浜三越の初日は開店十五分前から行列ができ、一時間で売り切れるほどだった。日本各地の消費者からの要望の声も大きく、十七日には札幌、仙台、高松、松山の三越で売り出しを開始し、全国の三越へと広げていった。

三越各店での好調な滑り出しを見た関西主婦連合会は、『主婦の牛肉』と車体に記した自動車での販売を始めた。さらに十二月には、オーストラリア・ミート・ボードからの協力による安定した仕入れを後押しに、大阪難波の地下街『虹のまち』に直販店を開いた。

地下鉄三路線と私鉄二社の駅が交差するターミナルと連絡する『虹のまち』の店舗での売

り上げは一日百万円を超えた。夕方五時を過ぎると背広姿の男性客が五パック、六パックと買って帰った。関西主婦連合会の直販店は、この後も大阪を中心に、東京、名古屋、高知などへと拡大していった。

こうして輸入牛肉普及運動を着々と進めていた一九八四（昭和五十九）年初頭、牛肉の価格安定を理由に輸入牛肉放出の凍結が決定、実行された。

料理教室やステーキ祭などのプロモーションと合わせて、稼働力のある自動車販売を増やし、『安い牛肉販売を定着させる運動』を推し進める正子は、確保済みの割当分を売り切った後の今後の展開を考えた。だぶついている国産牛肉を整理するという政府の意向に協力し、国産牛肉の売り出しを試みた。正月物価対策も兼ねて、相場の半値以下の百グラム二百円で売り出したが、売れ行きは伸びなかった。

「やっぱり、一般の消費者、庶民には手が出ませんなあ」

「輸入牛肉放出を止めたところで、だぶついた内地牛肉がはけるとは思えない。庶民の食卓からビフテキやすき焼きが消えるだけだよ」

翌年一九八五（昭和六十）年三月、牛肉輸入再開を求める署名運動を展開、四月にはこれまでの販売運動の実績が評価され、関西主婦連合会への放出枠を確保した。

関西主婦連合会の会員の奉仕では手が回らず雇用した人件費や店舗の維持費などの経費と、関西主婦連合会の運営費に充てるいくらかの手数料だけで、利益は求めなかった。『主婦の牛肉の店』の大きな目的は、輸入牛肉の普及だった。再び業界独占を破り放出枠を獲得した関西主婦連合会はこの年の夏、栄養価の高い牛肉を多くの消費者に安定して届けるためのさらなる一手に打って出た。

昨年十月のオーストラリア視察で知ったシンプルな流通システムを日本に応用できないかと正子は考えた。流通システムの背景の異なりで単純に真似るわけにはいかないだろう。しかし見直しによるコスト削減は可能なはずだ。

「百貨店、スーパー、生協にも、当会と同様に払い下げるように要求しよう」

輸入牛肉が大衆の食生活に定着してきた状況もあってか、政府は間もなく量販店への輸入牛肉の払い下げを始めた。

「これでたくさんの消費者がいろんな所で安く牛肉を買えるようになった」

物価に対する、時代に応じた消費者運動の三本の柱の二本、『政府の政策を促進させる』『業界の合理化やモラルに訴える』に適った運動で成果を得たことに、正子たちは少しの間、満足感に浸った。

ところが、関西主婦連合会直販店第一号『虹のまち』店の売り上げが、一日百万円から九十万円になり、八十万になり、五十万にまで落ち込んだ。他の店舗も同様に売り上げが右肩下がりに落ち込んで、家賃と人件費に追われた末に一軒、また一軒と閉店せざるを得なくなった。百貨店やスーパーで、手頃な輸入牛肉を買えるようになったのだから、わざわざ『主婦の牛肉の店』まで足を運ばなくなるのも当然だった。

「運動と商売の両立は難しおますなあ」

「またしても、泣き笑いですなあ」

と言い合いながらも、

「けど、いいんだよ。消費者運動一筋に情熱を燃やして、その甲斐があったんだから」

正子たちの顔は晴れ晴れとしていた。

◇

消費者運動の起点、一九四五（昭和二十）年の米よこせ運動、一九五一（昭和二十六）年の、配給米の購入すら厳しい生活層がまだ多い中での米統制撤廃反対運動と、ＧＨＱのパワーを自分たちの追い風にして主食である米を守るために闘った正子とおかみさんたち。「米の闘い」は途切れることなく時代に応じて続けられてきた。

一九六〇年代には、配給米の品質調査を行い、地域による品質のばらつきを防ぐための一本化と大型集中精米システムを導入しての合理化を根気よく提言して実現。そして食糧管理特別会計の赤字増大を招き、消費者米価はじめ諸物価に影響を及ぼす毎年の生産者米価引き上げ見直しを要望した。一九六九（昭和四十四）年、正子は米価審議会委員に任命され、この生産者米価の問題に切り込んでいく。

一九七〇（昭和四十五）年六月五日、米価審議会で正子は、農民擁護に動く三つの婦人団体の四十名と対峙することになった。正子と同じく消費者代表として任命された他の委員二名は出席を辞退し、正子一人での参加だった。相対する意見を聞くことは、現実的な落としどころを見つけていくのに必要だ、立場は違えど生活者として大きな目的に向けて協力できるかもしれないと考えていた。

しかし、会場に入った瞬間、正子は「しまった」と思った。ずらりと並んだ四十名の婦人たちに、大同団結で落としどころを決めようという雰囲気は皆無だった。審議会開始早々に自分たちの決議文を読み上げ、農民の苦境、補助金の不足、政府政策への非難などを口々に言い立て、白熱していった。正子が疑問を呈すれば相手方の声は大きくなっていくばかりで、

「生産者米価が据え置かれると、農民に自殺する人が出てきますよ」

という言葉まで飛び出した。その発言に

「そんな飛躍したことは言わない方がいい。そんなら自殺するかどうか見てやろうかと、反発する人が出んとも限りませんよ」

と正子がたしなめたことで場は騒然となった。最初に決議文を読み上げた婦人が「暴言だ、取り消せっ」と勢いよく正子の肩につかみかかり、それに釣られた皆がいっせいに正子に詰め寄った。もう議論など不可能となり、椅子に押さえつけられて身動きできなくなった正子

は、警備員の助けで脱出した。

このハプニングはその日の各紙の夕刊と翌日の朝刊で報じられた。読めば各紙、まるで正子が「死にたければ、死ね」とでも言ったようなニュアンスで書いていた。中でも一紙の記事には、しおしおと泣き、涙を拭いている婦人たちの写真に「死ねとはひどい」と見出しをつけていた。正子を取り囲み、詰め寄る婦人たちの中にそんな人物は一人もいなかった。事実を歪《ゆが》められた報道に正子が取材拒否の姿勢を取ると、今度はそれが週刊誌のネタにされた。

その理不尽な状況が正子の闘志に火をつけた。謝罪を求め、「比嘉正子を直ちに米価審議委員から罷免せよ」と迫る相手方からの要求をはねのけ、自身の主張を曲げなかった。委員を辞めることは何でもなかったが、ねじ曲げられた事実を認めるような辞め方はお断りだった。

そんな状況の中、正子はただ一つ、冷静に客観的な目でこの一件の本質を突いていると思う記事があった。Y・Dという外国人記者が週刊新潮に連載しているエッセーだった。正子が我が意を得たりと感じた内容は、次のようなものだった。


「例年生産者米価が決まるとき、農協が大挙して東京に押し寄せて、政府に高姿勢を示す風景は奇異に映る。また、都市労働者の奥さん集団が、消費者とは利害の反する農協の奥さんたちと手を組んで、米を値上げせよというのも分からない。そして、そういうむずかしい奥さんたちとは誰も会いたがらないのに、よっしゃと引き受けたマダム比嘉は、ごく素朴な疑問を提示した。『米価は据え置かれても補助金をもらい、減反には代償がある。農協はビルを建てたりレジャーに金を使って景気がいい。自殺者が出るなんて飛躍しすぎる』という彼女の疑問には同感する。なにしろ戦後の世界において、日本の農民ほど過剰に保護されている存在はない。この悶着《もんちゃく》を問題理解の糸口にするには、双方具体的なデータを揃えて、改めてリングに上がってみてはどうだろうか。当然、米の問題はどこに不当があるのか国民の目にはっきりする。それでこそ、見て楽しく、聞いてためになる喧嘩《けんか》というものだ」

理解者が現れたことは嬉しかったが、日本の米をめぐる問題の本質を突いた発言が日本の中から出て来なかったことは残念だった。しかし、日本という枠を超えた視点から見つめる外国人記者の目には、こんなにもはっきりと見えるのだと、正子は意を強くした。比嘉正子罷免要求が続けられる中、米価審議会大詰めの場面で正子は、「据え置き反対、むしろ値下げを」という主張をたった一人で押し通した。

生産者も消費者も生活者、農家が豊かになれば消費者も喜び、農家が生活に困るなら消費者は米価について一歩も二歩も譲らねばならない。農家の人々の生活の安定は、消費者にとって良い米が安定して供給されることにつながるのだ。そして農業白書の統計によると、五万人以下の都市の勤労者世帯と比較した生活水準、消費水準、一九六五（昭和四十）年を一〇〇とした農家の収支、家計の伸びは良好。それを踏まえて農家に対する税金の重点配分、食管赤字の累積、需給のアンバランス、古々米の累積などを考えると、生産者米価の値上げは国民感情を納得させられるものではない。据え置きを主張するのは順当で、むしろ引き下げるべきだ。そして値下げ分を農業のビジョン作りに使うのが得策である。

生産者米価引き上げをやむを得ずとする委員たちの前で、正子は実情と対策を挙げながら主張した。その結果、生産者米価は据え置き。別に品質改良奨励金として、二百三十八億円が支出されることになった。

広い視座による理解を得た自信は、正子の米の闘いを前進させた。

この翌年一九七一(昭和四十六)年、関西主婦連合会として、有名無実の制度・米統制令撤廃への賛成声明を出し、農政改革を要望した。そして「賢い主婦になる」という方針にのっとり、米を守るために、生産地を訪ねて品質管理などについて学び、また消費者の意識調査を行い、米の消費拡大のための計画を実行した。

「据え置き反対、むしろ値下げを」と主張した日、その引き下げ分を農業のビジョン作りに使うのが得策と述べたように、正子は主食である米を守ることに力を注いでいる。消費拡大により生産者の利益を守り、消費者生活を合理的に守る。将来を志向した米の闘いは、生産者と消費者が一つの目的に向かい、共に進んでいけるものだと信じているのだ。

# 第九章

# 大和魂の誇り

一九七〇（昭和四十五）年三月十五日、大阪で日本万国博覧会が開幕した。「人類の進歩と調和」をテーマに、世界から七十か国以上が参加するアジアで初めての万国博覧会に、大阪、そして日本は華やいだ。正子は、『名称愛称をつける委員会』『万国博衛生安全委員会』『万国博跡地利用問題懇談会』の委員に任命された。

米価審議委員と同時期の任命で、農業の将来を志向する米への取り組みと、人類の進歩と調和を謳《うた》う万国博への関与が重なって正子の思考を広げていった。

正子の日本万国博衛生安全委員就任に応じて、関西主婦連合会は万国博の一般食堂の実態調査を行った。

偵察部隊に選ばれた五人の役員たちは、食品サンプルが並んだショーウインドウで献立と値段をくまなく書き写してリストを作り、自分たちで実際に食べて確かめた。

各パビリオンのレストランとは別の一般食堂にはどこも行列ができ、間隔を詰めて並べられたテーブルには家族連れも多かった。夜となく昼となく会場を歩き回り、客たちへのインタビューも行った。実態調査の結果は、偵察部隊に「大阪の恥でっせ」と呆れ顔で言わしめるものだった。

湯を通さないままのうどんの玉をそのまま丼に放り込んでいるなどの手抜きを、日々、台所に立つおかみさんたちは見逃さなかった。ショーウインドウのサンプルにはほど遠い実物や手抜き料理が多く、客たちからは「高くてまずい」と評判が悪かった。正子はその結果を委員会に提出し、改善を要求した。

華々しい博覧会にとって舞台裏のようなことかも知れないが、正子たちおかみさんは見過ごさなかった。来場者の、特に子どもたちの思い出に残る食堂での食事。そういう小さな日常の感覚を大切にすることが、生活のある闘いだ。正子はその一日一日の生活に根を下ろした活動に合わせて、将来を見据えた運動にも乗り出した。

一般食堂の実態調査の報告の中で正子の気にかかったことがあった。プラスチック容器の使用だった。物流と衛生上の都合によって万国博の会場での使用は致し方ないと理解したが、その便利さから他へと利用が広がり、普及していくのが気にかかった。

「環境への影響を考えると、早くに何か手を打たないといけないと思うんだよ」

正子は関西主婦連合会の役員会で提案した。

「浮かれ二十世紀のツケを二十一世紀に残してはいけないからね」

浮かれ二十世紀というのは、東京オリンピックからこちら、人々が浮かれ始めたように感じる正子がしばしば口にする言葉だ。一九六四（昭和三十九）年、東京オリンピックの年、東京―大阪間を新幹線が結んだ。万国博覧会に沸く今と同じように世の中に華やいだ雰囲気が流れ、人の気持ちもどこか浮き浮きとした。その浮き浮きとした気持ちは生活の感覚に作用し、台所を預かり、家計のやりくりをするおかみさんたちの生活感覚から違和を感じる風潮が見えた。

正子たち関西主婦連合会が、流通改善によって値上げを抑えた『主婦牛乳』普及に力を注ぐ一方で、その牛乳代二円の値上げを気にしない風潮がその一つだった。牛乳一本の値段の違いは積み重なって生活費全体の違いになる。世の中の空気に流されて、生活に根ざした感覚が希薄になっていくのが正子には危なげに見えた。

そしてもう一つ、正子が懸念している人の心のありようがある。正子は、東京オリンピックで戦後デモクラシーが人々の間に広く染みていったと思った。一人一人が自分の意思を主張し、責任によって行動する。戦後間もなく、民主精神というものがまだ一般的でなかった時代から、民主精神を守るために闘ってきた正子にとって、それは喜ばしいことだ。しかし、祭りのような賑わいの中で浸透していった民主主義は、本来の意味を損なっているようにも思えた。人としての良識や倫理を忘れてただ自分の考えを主張する、自由の意味の履き違えをしているように思えて仕方なかった。

現実の生活から浮遊した感覚と、良識や倫理を忘れた自分本位の考え。そんな人としての在り方への不安、経済成長だけを追いかけ、人としての在り方を見つめることのない風潮への懸念が、「浮かれ二十世紀」という言葉になって正子の中に沈んでいるのだ。

将来の生活者の視点を持った消費者運動を展開していかねばならない。現在の消費がこれから先の人々の生活を食いつぶすものであってはならない。子どもや孫たちにどんな社会を遺《のこ》すのか、生産者と消費者が一緒になって考え、行動していかなければならない。

　戦後の食糧危機打開に立ち上がり、生活を守る闘いとして切り拓いてきた消費者運動。二十数年の実績から正子は、消費の主権は消費者にあると実感している。商品の価値を最終的に決めるのは消費者である。自分たちが志向する将来の社会像にふさわしい商品やサービスを選ぶことで、消費を創造的な行為に変えていける。あらゆる商品やサービスが最終的には社会の福祉に結びついていくという考えを念頭に、生産者と共に生活を創造していく。それが消費における生活者による主権の行使。戦後間もない日本で、民主的な会を作ろうと立ち上がった主婦の会による消費者運動の姿だ。

　正子は日本万国博覧会の委員活動の中で確立した環境への問題意識を、関西主婦連合会の活動テーマとして投げかけた。

「水を守る、というテーマで関西主婦連合会の運動を展開していきたいんだが、どうだろう」

　正子の提案に、役員の一人が拍手した。

「水を守る、ええ言葉やおまへんか」

「環境を守らんと、ほんまに国を豊かにすることなんか、できまへんもんな」

「環境を壊してしもたら、そのうち生活も壊れまっせ」

「ほんまや、環境を守ることも、生活を守る闘いですがな」

「これからの消費者運動は、環境に目を向けていかなあきまへんな」

生活を守ろうと共に闘ってきたおかみさんたちの理解が心強かった。

「光とエネルギーと水と緑と土。生命を守るために必要なものを守らなければならない」

皆の総意が固まったところで正子は話を進めた。

「そのために、まず、私たちが環境について勉強することから始めよう」

賢いお母さんになる、賢い主婦になる、賢い女性になる。自分の考えを持ち、意見を述べ、行動する。人の意見に耳を傾け、視野を広げ、考えを深める。台所に根を生やした生活のある闘いは、理知によって世の中を説得する力を持つ。生活の中で見出した問題に理論が通って、消費者運動は世の中に訴える力を持つ。この考えに基づいて、関西主婦連合会はよく勉強会を開いた。

大学の先生など専門家を招いての講習会や、企業への見学会などで、疑問を感じたことについて理解を深めることに積極的だった。そして「光とエネルギーと水と緑と土を守る」という新たな運動テーマを前に、今まで以上に勉強に熱を入れた。

自分たちの普段の言葉で話し合えるようにまで理解を進めたところで、関西主婦連合会は、「水を守る」というテーマを世の中に広めていく運動に取りかかった。

手始めは、生活に直結している「淀川の水を守る運動」だった。関西主婦連合会以外の団体にも協同を呼びかけ、「私たちの飲み水はこんなに汚れています」と、大阪市の北と南の繁華街、梅田と難波でビラを配って、署名を集めた。淀川の水を汲んで瓶詰めにしたサンプル展示が、道行く人の足を止め、進んで署名する人を呼び集めた。

折しもこの一九七一（昭和四十六）年、アメリカの婦人団体『全米婦人有権者連盟』のリーダー、ドナルド・E・クルーセン女史が来阪した。関西主婦連合会は懇談会を主催し、「住民運動と婦人の役割」をテーマに、大気汚染、水質汚染、廃棄物処理の問題などについて話し合い、環境を守る闘いへの視野を広げた。

環境問題について理解を深める中で石油に着目した正子たちは、大阪大学の教授を招いて「石油と暮し」について学んだ。その知見をもとに、この年の主婦の商品学校を「石油と生活展」として、身の回りの日用品にも多く石油が使われており、石油がなくなれば生活にどのような影響が出るかを考え、環境への配慮を問いかけた。さらに正子は数名の役員たちと、関西主婦連合会の代表として通商産業大臣を訪ね、政府はプラスチック廃棄物の再生産に強力な援助をしてほしいと、取材陣を前に要望し、リサイクル運動に着手した。

農業の将来を見据えた農政改革への運動、業界独占を打ち破った輸入牛肉普及運動、さらに環境問題への取組みと、消費者運動を大きく展開させた正子は、自身の活動の場を政財界へと広げていった。

社会事業の道を歩み始めた二十歳過ぎの頃、胸に抱いた「世の中から貧困と不平等をなくす」という理想は、社会という大きな環境を変えなければ近づくことすら難しいと実感した。

保母として勤めた大阪市立北市民館があった天神橋筋六丁目は、大阪のスラム街の一つ、長柄橋に隣接し、人々の暮しの苛酷《かこく》さは若い正子の想像を越えるものだった。厳しい現実を前に、一施設にできることの限界を感じ、絶望感すら味わった。

二十七歳を目前に青空保育園から始めた都島幼稚園で、収入に応じたスライド式の保育料システムを考案したが、一九三一（昭和六）年当時には周囲の理解を得るのが難しく断念。その後、制度によって実現したとき、やはり一施設にできることの限界と制度の力を実感した。

今、正子は、社会を変えていくための意見を、政財界の要人たちから求められる所に立っていた。保育を軸にした地域社会づくりに人生をかけ、弱き者の生活を守るための消費者運動に身を投じてきた数十年の実績によって、政府や地方行政への提言を求められる人物となっていた。

経営する社会福祉法人には、運営する数施設の現場を任せられる職員たちが育っていた。関西主婦連合会にも、頼もしい役員たちがおり、各地域の下部組織もそれぞれ力をつけてきていた。さらに、同じ幹から育った二本の幹だと考えてきた保育事業と消費者運動。この二つに、国の宝である子どもたちを守るという目的のもと、協力体制が生まれていた。両方の組織において、総指揮官として方向性を打ち出し、実際的な運営をそれぞれの幹部に委ねることができるようになった。

「社会事業と消費者運動。この二つを取り巻く大きな社会環境を整えていくために、できることがある。与えられた発言の機会を、精一杯、生かしていく。それが今の私の仕事だ」

ＧＨＱの幹部を相手に磨いてきた議論の力を発揮して、正子は政財界への提言に力を注いでいった。

◇

水を守る運動に乗り出した一九七一（昭和四十六）年二月一六日、大阪・神戸米国総領事館の経済商務担当である副領事、マーサ・デウイットという女性が正子を訪ねてきた。日頃から正子の婦人運動家としての活動に関心を持っていて、日本の婦人運動、消費者運動の歴史と背景について、女性の立場から聞きたいという。

「昭和二十年、敗戦直後、アメリカの占領軍、ＧＨＱが入ってきた時点から、日本における消費者運動が始まったといえるでしょう。それ以前の日本の婦人は、消費経済に関与するのはタブーとされていました。だから女の運動は愛国運動、母親的運動に限られていました。それが終戦直後、生命を脅かす食糧危機という問題に直面して必然的に起こってきた運動が、今日のように発展してきたのです。いわば敗戦が日本の婦人運動の転換期になったということですね」

そう答える正子の脳裏に、四半世紀前の一九四五（昭和二十）年十月、ＧＨＱの情報官に「お米をください」と頼んだときの情景がありありと浮かんできた。敗戦国の名もない主婦の意見に耳を傾け、「マッカーサー元帥にあなた方の願いを伝える努力をしましょう」と約束したＧＨＱの情報官の姿に民主主義到来を実感し、行動することで道が開く、現実を変えられると自信を得た日。その三か月後、ＧＨＱによる食糧輸入が始まったとき、きっと自分たちの声も届いたのだと、自分たちの行動への自信を深め、力がみなぎってきた感覚が甦ってきた。

「食糧危機を前にして起こった消費者運動は、どのようなものでしたか」

「米よこせ、と、おかみさんたちが風呂敷を持って集まって、配給米の遅配、欠配への陳情に行ったのが始まりでした。一人では力が弱い、だけど何人かが力を合わせれば強くなると、十数名のおかみさんたちが集まりました」

消費者運動などという意識もなかった鴻池新田での米よこせ運動から、ＧＨＱへの直談判、ＧＨＱと協力しての闇値切り崩し消費者運動、吉田茂首相の米の統制撤廃への反対を東京のＧＨＱ経済局の局長補佐官に陳情し、マッカーサー元帥の鶴の一声で中止となった一件と具体的に話した。

アメリカの政府の職務に就く女性を前に、日本を占領するＧＨＱのパワーを自分たちの力に変えて闘った日々を話しながら、正子は今の平和を感じた。戦争に敗れ、主権を失った日本にあっても、自分の意思を放棄しないのだという強い決意、従属ではなく対等なところに立つという人としての尊厳、誇りを捨てはしないのだという強い意思を持って、日本を占領するＧＨＱと、子どもたちの生命を守る、日本人の生命を、日本を守ると闘っていた日々。そして戦争による生命の危機も、食糧危機による生命の危機もない今の日々。

「物が豊富になると、当然、品質が問題になると思いますが…」

「婦人運動ですが、男性と共同することはありますか」

「消費者運動の中に政治的運動、輸入を促進しろといった分野の運動はしますか」

「関西主婦連合会という、広く横につながる組織をどう運営していますか」

終始興味深そうに、マーサ・デウイットは、次々と質問を投げかけ、正子の話に耳を傾けた。

時代時代の社会に応じて展開してきた消費者運動について語りながら、正子は社会の変化、人の生活の変化、そして人の在りようを思った。

「負けたりといえども、飢えていても、まだ大和魂は残っていた」

時代遅れのワンピースに麦わら帽子を被り、鼻緒が擦り切れ歯もすり減った下駄を履いて、闇値切り崩しに炎天下を走り回った仲間たち。姿はみすぼらしかったかもしれないが、誰もが自分たちの手で自分たちの生活を守るのだという活力に満ちていた。たとえＧＨＱが相手でも言いなりにはならない。自分たちの運動は自分たちの意思において行うのだと奔走したおかみさんたち。

因習にとらわれず改革に挑み、より多くの人の生活が少しでも良くなる方を選び現実を変えてきた正子に、昔はよかったという感覚はない。子どもたちが受け継ぐこの日本がより良い社会であるように、変えられることは変えていくべきだと改革のために闘っている。そのうえで、「浮かれ二十世紀」と呼ぶ風潮の中で、ただ与えられた民主主義を、その意味を問うこともなく生まれながらの権利のように享受している人の在りように一抹の不安も感じるのだ。

「現代は、衣食住足りて、大和魂は失われている」

日本の消費者運動について話しながら正子は、マーサ・デウイットからアメリカの婦人運動について逆に聞いた。女性として話を聞きたいと言った彼女が話すアメリカの婦人運動に、正子は自分たちの運動と通じるものを感じた。『私のは無手勝流だよ』としばしば言うように、状況を読みながら、時々に一番良いと考える落としどころを見つけながら続けてきた消費者運動だったが、本家アメリカの婦人たちの運動と底流でつながっていた。

日本とアメリカ、海を挟んだ二つの国の婦人運動の底にあるのは生活だった。日々の暮らしのやりくりをする女性たちの、生活のある闘い。それぞれの地理的条件や生活様式、文化による違いはあっても、衣食住を整え生命を守るという人の生活に根づいた消費者運動。自分の国の歴史と文化を愛し、それを子どもたちへと渡していこうとする願い。正子は、「浮かれ二十世紀」の風潮に踊る日本人よりも、今、話している目の前のアメリカ人女性に通じ合うものを感じた。そしてマーサ・デウイットからも、正子への親和の情を感じ取った。

マーサ・デウイットとの対談から一年数か月経った一九七二(昭和四十七)年の六月、またアメリカからの訪問者があった。日本の婦人運動に深い関心を持つアメリカの婦人教育の指導者でドロシー・ロビンズマウリという女性だった。正子がユーモアを加えながら話す関西主婦連合会の歴史や運動方針に、にこやかに耳を傾ける彼女との対談は終始和やかで、それぞれの国の婦人運動、消費者運動にはやはり、生活者としての感覚に根づいた共通点が多くあった。

◇

ＧＨＱによって扉が開かれた婦人運動、消費者運動を、自分たちの生活に即して続けてきたことで形作られた日本の消費者運動。それが今、海を越えてアメリカにも渡っていく。二人のアメリカ人女性との対談に正子は、今一度、自分たちの消費者運動を見つめ直した。

敗戦間もない日本の絶対的な権力者ＧＨＱに対しても失わなかった大和魂。正直でしなやかな心。

時の権力者を前に求めた自主性の尊重。自由な意思と行動の結果、引き受けてきた責任。自らの主張の正当性を、社会という大きな鏡に映して考える思慮。

闘うべきは闘いながらも、物事を円滑に進めていくために歩み寄り、落としどころを見つけ出す柔軟性。

時に実際的だと責められることもあったが、現実を顧みない理論など絵に描いた餅だと曲げなかった姿勢。

学問や教養によって得た理屈や技術を、実際に役立てることを優先してきた実践主義。立場や思想信条の異なる人たちとの共同で、多様な思考を受け入れる器となる自分自身の意思。

理屈に凝り固まることなく、人情を含みながら共に進むやわらかな心のありよう。

自分が常に、理想的な姿であったとは、無論思わない。思慮や分別が足りず、たくさんの失敗も重ねてきた。しかし、日本人として誇りに思う人間性、大和魂を失わずにあろうとしてきた。

ＧＨＱの鶴の一声ですべてが決まる占領下でも、追従も従属もしないと、自分たちの生活に沿った運動を続けてきた。ＧＨＱが開いた民主主義の扉をくぐり、自分たちの生活に根づいた自らの民主主義を育てる道を歩いてきた。正直でやわらかな心を守りながら無手勝流でやってきた自分たちの消費者運動が、アメリカの婦人運動のリーダーたちを通して海を渡っていく。

「立ち止まってはおられない」と正子は呟《つぶや》いていた。

生活から浮遊した人たちがいるのなら、その人たちがいつか足を着ける社会の基盤を整えておけばいい。今の子どもたち、十年後の子どもたち、その先の子どもたちを育てていく社会。愛してやまない日本を、また愛してくれる子どもたちに遺《のこ》していくために。

# 第九章　大和魂の誇り

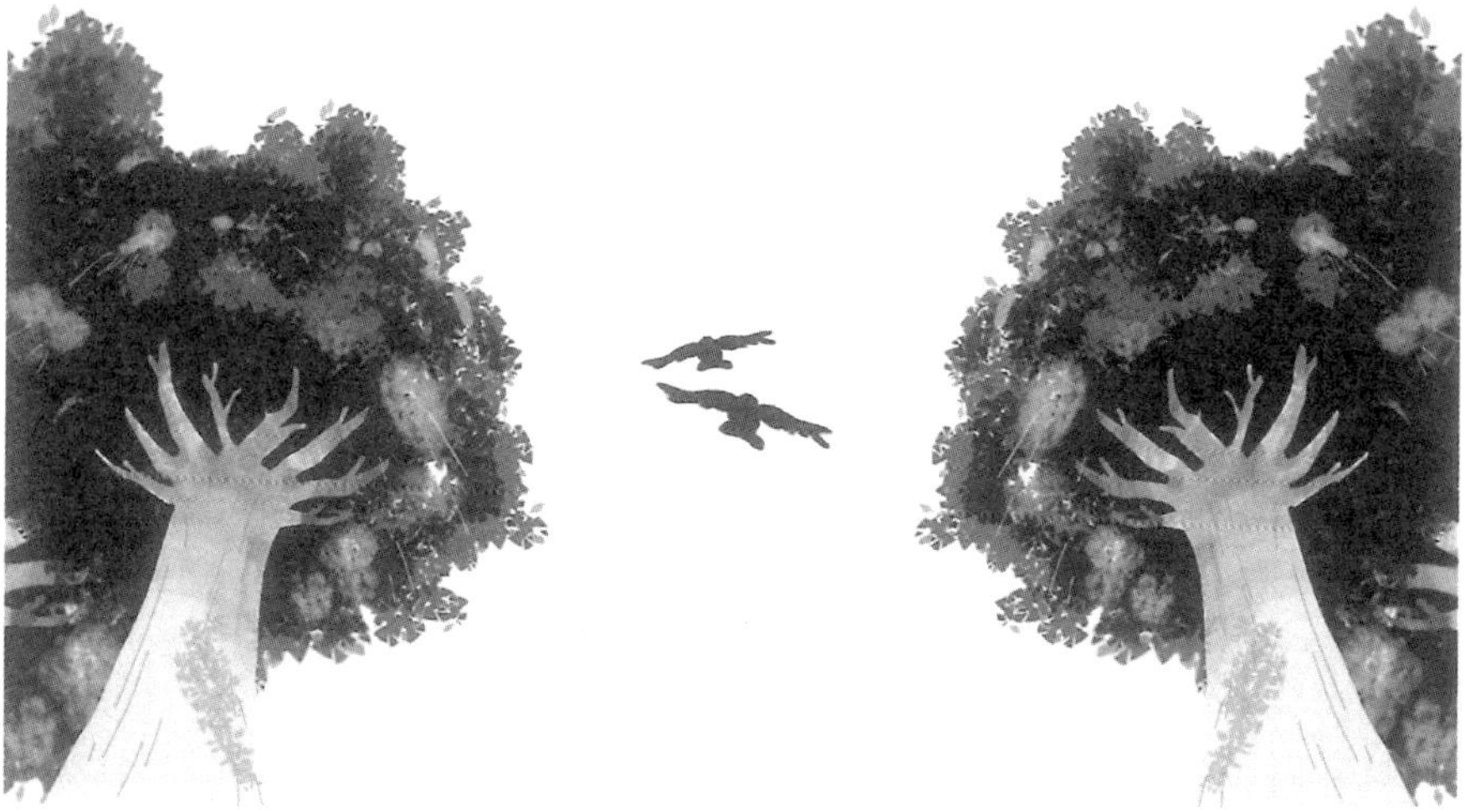

結

一九七九(昭和五十四)年、比嘉正子は、消費者生活の向上への貢献に対して勲三等瑞宝章を受章した。過去への表彰に何の関心もなかった正子はそれまでに二度辞退し、三度目になって周囲の説得で決めた拝受だった。

一九六八(昭和四十三)年に消費者保護基本法ができ、行政や自治体に相談窓口が置かれたときを、正子は消費者運動が役割を終えたときだったと言い、それでも続けてきたからには、時代が必要とする働きをするべきだと新たな指針を立て、十年先の社会を見据えて、次はどうする、次はどうすると計画を立て続けた。

台所に根を下ろし現実を踏まえた運動と、将来を志向する運動。大きな視野で社会を見つめ、将来の人々によりよい生活を遺《のこ》していけるように、農政改革、行政改革の支持を関西主婦連合会の活動指針の一つとし、何代も先の子どもたちを健やかに育てられる社会づくりのために、また厳然たる事実である高齢社会でお年寄りたちができる限り自立的な生活を続けられる社会づくりのために、改革すべきは改革すると現実を変えるための運動を最後まで続けた。

そして戦後間もない一九四五(昭和二十)年晩夏からの長い闘いは、一九九二(平成四)年十一月十二日、正子の生涯と共に幕を下ろした。人を思う正子の愛は今も生きている。正子が育てたもう一本の幹、保育を軸とする社会事業への情熱の物語はまた別の機会に譲る。

## おわりに

社会福祉法人都島友の会九十周年史刊行にあたり、私は編集委員の一人として携わった。法人が発行した過去の周年記念誌や資料、また比嘉正子の著書を熟読する中で、比嘉正子が、師と仰ぐ志賀志那人の勧めに従い、昭和六年、二十六歳で青空保育園からスタートし、戦前、戦中、戦後と幾多の困難を乗り越え、乳幼児や障がい児さらには地域や高齢者支援に取り組んだ、社会事業家としての比嘉正子の生涯を振り返る機会を得た。

私自身、長年、都島の地で勤務をしていたことで知己もあり、都島友の会にお世話になることとなったのは平成二十五年五月のことである。地域の皆さんへ挨拶に伺ったところ、「今度は、比嘉さんところで仕事することになったの」と、比嘉正子が他界し二十年余を経過しているのにもかかわらず、多くの人からこのような言葉をかけられた。比嘉正子が開設した保育園には、二代・三代にわたり通園されたご家族も多々ある。比嘉正子の社会福祉事業にかけてきた熱い思いと行動は、地域の皆さんにしっかりと記憶されていると感じた。

比嘉正子の活動には、もう一つの顔がある。終戦直後の混乱の中で日本の消費者運動の礎を築き、戦後の時代を消費者運動や婦人運動のパイオニアとして、波瀾万丈《はらんばんじょう》の生涯を駆け抜けた姿である。戦後七十年を迎えた平成二十七年、都島友の会の比嘉正子地域貢献事業研修センターの五階に「比嘉正子記念室～戦後の礎を築き～」を設置した。

準備の中で、比嘉正子が生前NHKに出演したときのVTR『私の自叙伝　米よこせデモの頃』を視聴した。私自身、比嘉正子に直接お会いしたことはないが、都島友の会にお世話になる前から御高名は存じ上げていた。三十分間、一人で熱意を込め滔々《とうとう》と話す姿に圧倒された記憶がある。二回・三回と視聴する中で、比嘉正子の人となりの一端を垣間見た。

比嘉正子は戦争中の疎開先であった大阪鴻池新田（現在の東大阪市）で終戦を迎える。敗戦による社会の混乱、食糧危機。子どもたちは空腹に泣き、闇市が幅を利かせ、配給のコメは滞った時代である。VTRの中で、比嘉正子は、「戦争は終わったが食料戦争となった。世の中は変わった。私たちがものを言える時代です。私たちのようにヌカみその苦労をしている者が、人様の苦労も分かった上で、先頭に立って運動しなければ食糧危機は突破できません」と提案。地元の主婦たちとともに、配給所へ「米よこせ」の陳情のみならず、GHQ軍政部へ直訴に及ぶ。比嘉正子は、これを日本の消費者運動の黎明《れいめい》期、戦後の婦人運動の草分けであったと語る。

以降、関西主婦連合会の結成、物価値上げ反対運動、主婦の商品学校と、日本の戦後史に残る消費者運動を展開、晩年には行財政改革、政府の諮問委員を務めるなど幅広い分野に活動の場を広げていくが、常に生活者としての視点を通して、困っている人、弱者に対して支援をし続けた生涯である。

戦後から続いた消費者運動は全国的な広がりを見せ、後に、品質表示など消費者保護のための諸施策、消費者保護基本法の制定、企業等の消費者相談窓口の設置、国の施策に消費者代表の声が反映されるようになるなど、比嘉正子の活動は実を結んでいったとも言えよう。

私が都島友の会の事業運営に十年余り携わる中で、現理事長の渡久地歌子から、折に触れ、その人柄について伺ってきた。また九十年史の編集及び比嘉正子記念室の設置を担当し、改めてその生涯を見つめることとなった。

私なりに比嘉正子の人物像を描いてみると、比嘉正子は保育教育を原点とする社会事業家と消費者運動の先駆者という二つの顔を持つが、戦後のひもじい現実を目の当たりにし、子どもをはじめ生活者の環境を良くしたいという一心から、幾多の困難に立ち向かい、乗り越えてきた実践者であると言えよう。まずやってみようという行動力の凄さは、他に類を見ない。また常に目的達成のため手順を考え、落としどころを考えているアイデアマンでもあった。説得力もあり、当初意見が相違していても最後には協調することとなる。また、人徳を備えており、応援してもらおうと頼りにされる人物であったのではないか。

法人運営の中で、少し立ちどまって考えなければならない場面はままある。その時、比嘉正子だったらこうしただろう。こうしたに違いないと、一度、自問自答し、解決策を見い出すことも必要かと感じている。

本書は「比嘉正子　ＧＨＱに勝った愛　子どもたちの明日のために闘い抜いた人」と、タイトルはいささか勇ましいものとなっている。比嘉正子が、戦後、消費者運動の先駆者として取り組んだ様々な活動を通して、現代を生きる我々への、何かヒントになれば幸いである。

二〇二四年二月吉日

社会福祉法人 都島友の会　常務理事・事務局長 寄瀬博光

# ＧＨＱに勝った愛と誇り

子どもたちへの愛、弱者への愛、
生活者への愛、国への愛。
比嘉正子を突き動かしたのは
人を思う心、愛だった。
誰もが人としての尊厳を持って
生きていける社会の実現のために
誇り高くしなやかに闘い抜いた比嘉正子の軌跡。

# 資料編

## 写真で見る比嘉正子とその時代

首里市立女子工芸学校卒業写真（正子は前列右から２番目）

「私の人格形成はここでなされた」というバプテスト女子神学校時代の正子
（２列目左から３番目）

正子にとって生活は守り、愛し、楽しむもの。おしゃれを楽しむことも好きだった。モガ（モダンガール）な装いの、若き日の正子

恩師 ミス・ラヴィニア・ミード

闇市の実態調査をするおかみさんたち。左奥でノートをとっているのが比嘉正子

闇市の真ん中で闇値切り崩しを訴えかける正子。下駄履き姿での生活を守る闘い

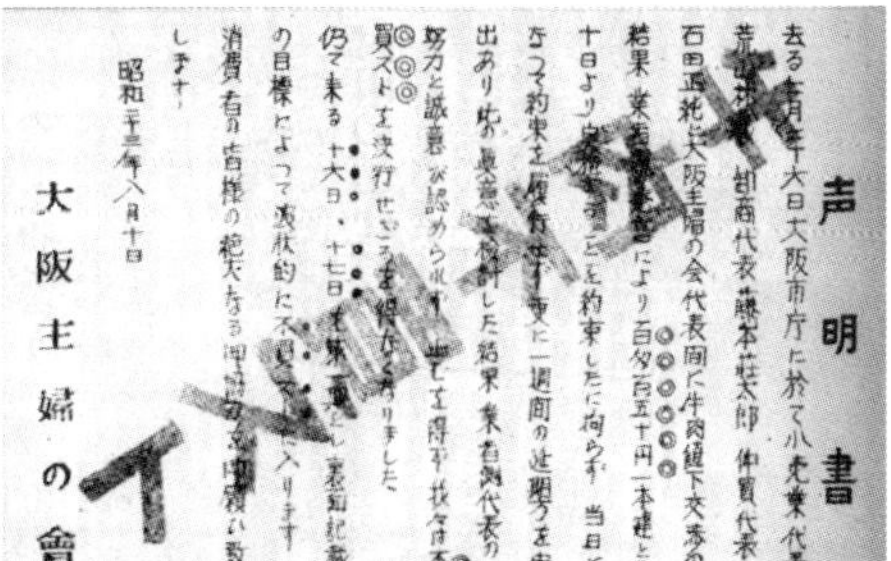

声明書

去る[illegible]十六日大阪市庁に於て小売業代表
[illegible]代表 卸商代表藤本荘太郎 仲買代表
石田政純と大阪主婦の会代表間に牛肉値下交渉の
結果 業者[illegible]により百匁百五十円一本建とし
十日より[illegible]ことを約束したに拘らず 当日に
至って約束を履行せず更に一週間の延期方を申
出あり[illegible]緊急[illegible]検討した結果 業者側代表の
努力と誠意が認められず[illegible]を得ず 茲に不
買ストを決行せざるを得なくなりました
仍て来る 十六日・十七日[illegible]
の目標によって[illegible]的に不買[illegible]に入ります
消費者の皆様の絶大なる[illegible]願い致
します

昭和二十三年八月十日

大阪主婦の會

日本初の不買スト決行の声明書。斜めに横断する牛肉不買ストの文字は赤色で刷られていた

昭和23年牛肉不買スト。闇値切り崩し価格のモデルとして街頭廉売を行うおかみさんたち。ユニフォーム代わりの麦わら帽子で道行く人の関心を集め、反響を呼んだ

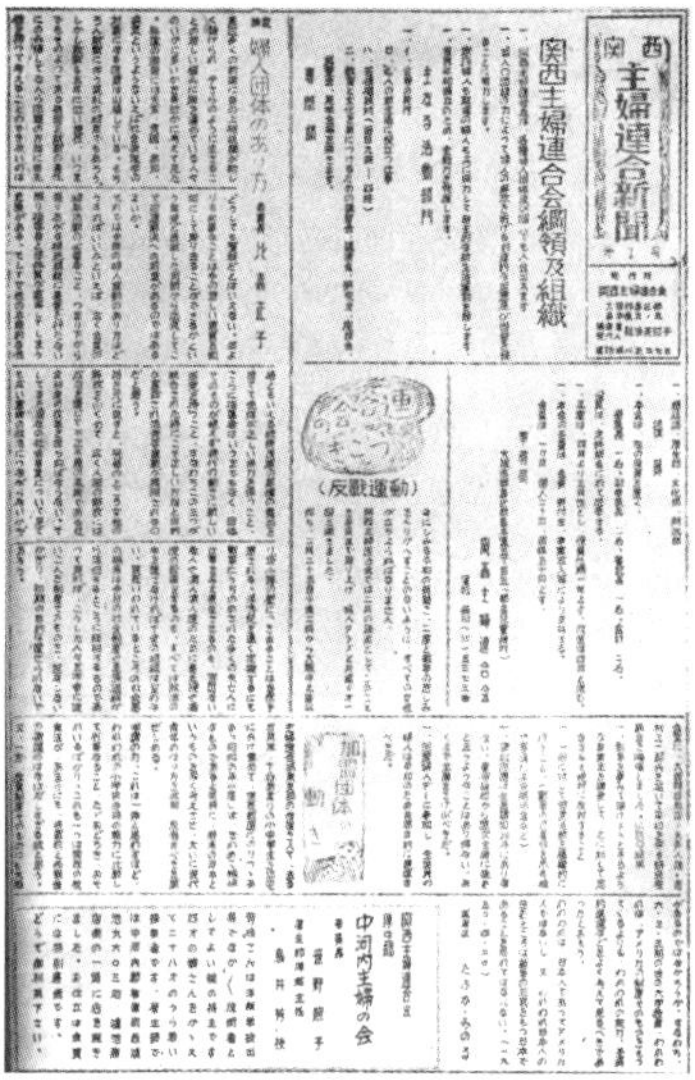

関西主婦連合新聞

関西主婦連合会綱領及組織

婦人団体のあり方　比嘉正子

（反戦運動）

中河内主婦の会

昭和25年4月機関紙『関西主婦連合新聞』創刊号。編集委員長比嘉正子の論説も掲載

視野を広げようと正子は海外視察にも積極的だった。
北欧では家庭を訪問し福祉への考察を深めた

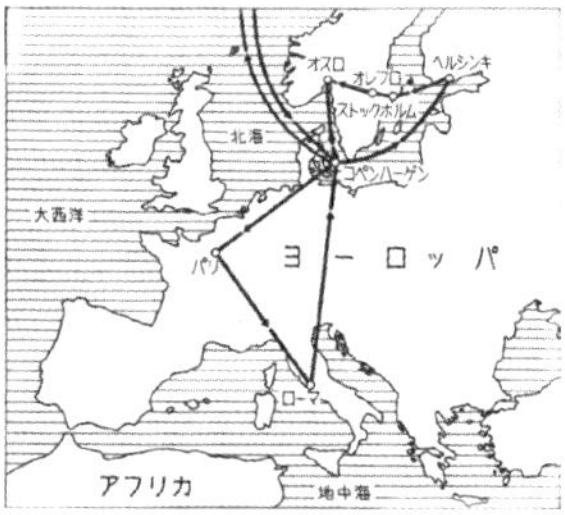

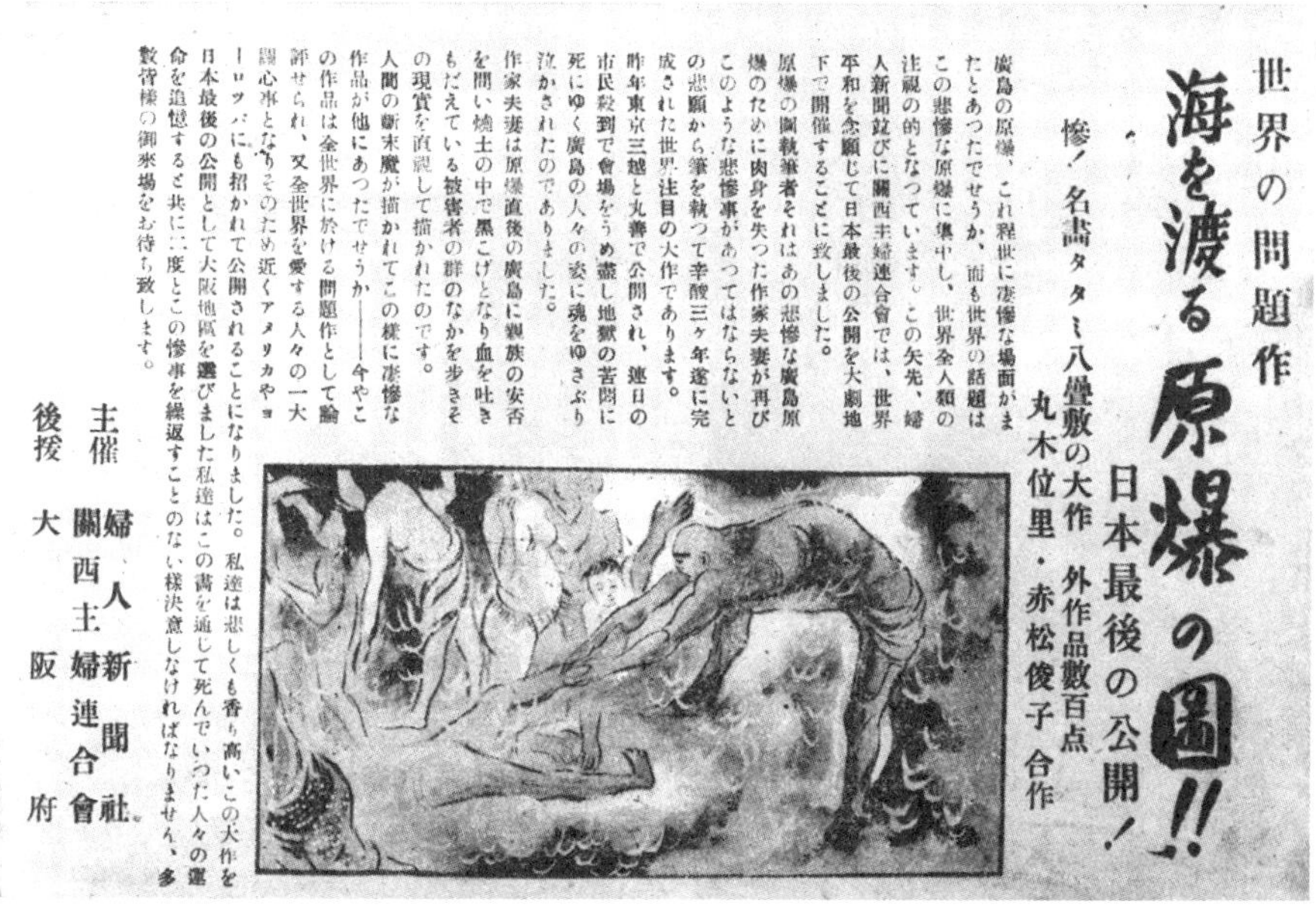

世界の問題作

海を渡る原爆の圖!!

日本最後の公開!

慘! 名畫タタミ八疊敷の大作 外作品數百点

丸木位里・赤松俊子合作

廣島の原爆、これ程世に凄惨な場面がまたとあつたでせうか、而も世界の話題はこの悲惨な原爆に集中し、世界全人類の注視の的となつています。この矢先、婦人新聞竝びに關西主婦連合會では、世界平和を念願じて日本最後の公開を大劇地下で開催することに致しました。

原爆の圖執筆者それはあの悲惨な廣島原爆のために肉身を失つた作家夫妻が再びこのような悲惨事があつてはならないとの悲願から筆を執つて辛酸三ヶ年遂に完成された世界注目の大作であります。

昨年東京三越と丸善で公開され、連日の市民殺到で會場をうめ盡し地獄の苦悶に死にゆく廣島の人々の姿に魂をゆさぶり泣かされたのでありました。

作家夫妻は原爆直後の廣島に親族の安否を問い燒土の中で黒こげとなり血を吐きもだえている被害者の群のなかを歩きその現實を直視して描かれたのです。

人間の斷末魔が描かれてこの様に凄惨な作品が他にあつたでせうか――今やこの作品は全世界に於ける問題作として論評せられ、又全世界を愛する人々の一大關心事となりそのため近くアメリカやヨーロッパにも招かれて公開されることになりました。私達は悲しくも香り高いこの大作を日本最後の公開として大阪地區を選びました私達はこの書を通して死んでいつた人々の靈命を追憶すると共に二度とこの惨事を繰返すことのない様決意しなければなりません、多數皆様の御來場をお待ち致します。

主催 婦人新聞社 關西主婦連合會

後援 大阪府

原爆展のビラ。同じデザインでポスターも作り、GHQ 占領下の街で堂々と宣伝活動を行った

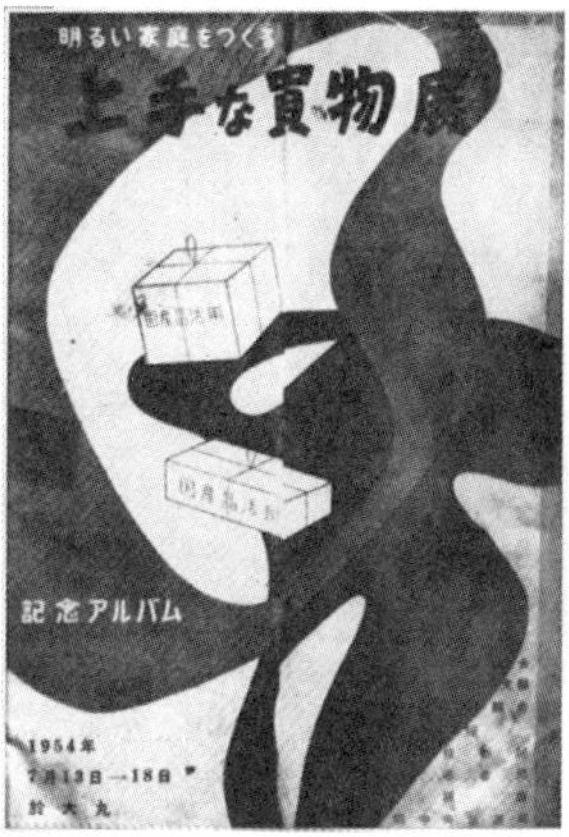


「第 1 回主婦の商品学校 上手な買物展」で配布した冊子。この後、昭和 61 年まで、時代を先取ったテーマで社会に呼びかけるイベントとして毎年開催を続けていく

百貨店全体を会場に、工夫をこらしたイベントを楽しむ来場者たち

事情は様々な 15 人の女性を助けたカゴの鳥救い出し。生活の立て直しまでを助けての救い出しと、必要に応じて仕事探しや縁談の世話までして送り出した

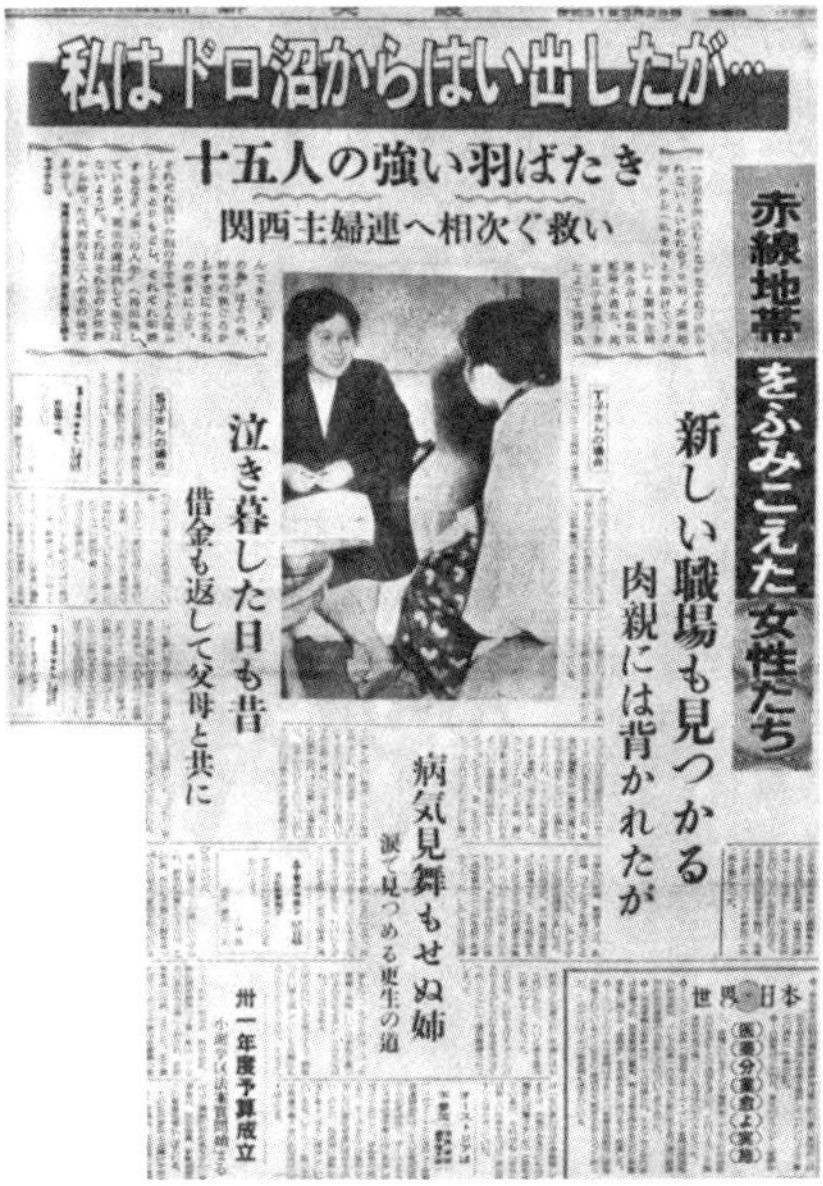
私はドロ沼からはい出したが…

十五人の強い羽ばたき

関西主婦連へ相次ぐ救い

赤線地帯きふみこえた女性たち

新しい職場も見つかる

肉親には背かれたが

泣き暮した日も昔

借金も返して父母と共に

病気見舞もせぬ姉

涙で見つめる更生の道

卅一年度予算成立

新しい販売方式として開発したミルクコーナーへの直接配達車。メーカーとの協力で販売店という新たなビジネスも生み出した

関西主婦連合会の「主婦牛乳」。 瓶に“主婦の牛乳は正しい牛乳”のキャッチフレーズ。流通改善により生産者と消費者両方の生活を守りながらの値上げ抑制を実現した

相場価格が上がる中、農林省の市販牛乳価格よりも低価での販売継続を実現したミルクコーナー

想像を絶するヤマ（炭鉱）の人たちの生活の実情を目の当たりにして、苦境を肌で感じ理解に務める正子たち

田川市酒田市長と会談し、炭鉱離職者の再就職への協力をその場で約束し、帰阪後、直ぐに動いた正子たち

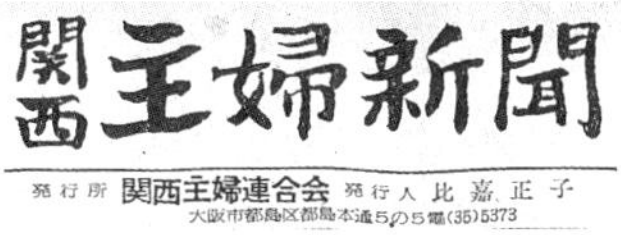
関西 主婦新聞
発行所 関西主婦連合会 発行人 比嘉正子
大阪市都島区都島本通5の5 電(35)5373

関西主婦新聞の題字は正子の夫、比嘉賀盛氏の書

関係者の願いは切実
ドン底生活にあえぐ ヤマの素顔

機関紙『関西主婦新聞』でヤマの人たちの苦しい実情を伝え、支援の輪を広げた

福田赳夫農相との対談。米価改革推進を提言する比嘉正子

米価審議会。右側で話を聞いているのが比嘉正子

食品サンプルのショーケースでメニューと価格を調べるおかみさんたち。昼夜を問わず万博会場を歩き回り実態調査を行った

輸入牛肉の普及に
大きな役割を果たし
た主婦の牛肉の店

オーストラリア食肉庁招待の視察旅行
では工場やショッピングモールだけでな
く、生産者の家庭も訪問して話を聞いた

瓶詰サンプルにした淀川の水の汚濁具合を目の
当たりにして、進んで署名に応える通行人たち

行革大会で土光敏夫氏の
演説に賛意を示す比嘉正子

長時間保育を行う正子の保育園に
テレビを寄贈するなど、交流のあっ
た松下幸之助氏との会談

主婦の店ダイエーのネーミングは、
事業立ち上げに際して相談を受けた
正子からのアドバイスだった。中内
㓛氏は関西主婦連合会の活動へも
協力的だった

来阪したアメリカの婦人団体『全米婦人有権者連盟』のリーダー、ドナルド・E・クルーセン氏を招いて懇談会を主催。「住民運動と婦人の役割」をテーマに、環境問題についても話し合った

正子が牽引してきた日本の消費者運動について耳を傾ける大阪・神戸米国総領事館副総領事マーサ・デウイット氏

将来の生活者の視点から改革すべきは改革をと提唱した正子。だぶつく米の自由化をすべきだと食管法改革運動に乗り出し、農林省を訪れた（輪の真ん中が正子）

沖縄返還を願う正子は、ジェームス・B・ランパート沖縄高等弁務官との対談も行った。後にランパート夫人から食事会に招かれた

アメリカの婦人教育の指導者ドロシー・ロビンズマウリ氏に、先駆けとなって実践してきた日本の消費者運動について語る正子

軽やかな装いで寛いで話す 70 歳前後の正子。大胆な服装も多かった正子のファッションアドバイザーは夫・賀盛だった

関西主婦連合会の役員
たちと、中曽根康弘氏と
行革についての会議

関西主婦連合会の役員
たちと、土光敏夫氏と
行革についての会議

行革の全国大会で演説する比嘉正子

創造的な消費生活を目指す正子は、
広い交友の中で視野を広げ、考えを
深めていった。佐治敬三氏との対談
は関西主婦新聞に掲載された

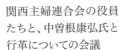

# ■比嘉正子と都島友の会

大阪市立北市民館の保育組合の郊外保育に同行した正子（前列右）。後ろが正子の社会事業の師であり同館長の志賀志那人氏

青空保育園での保育

ピアノのない青空保育園で正子は子どもたちの音楽隊を作った。お揃いのとんがり帽子をかぶった音楽隊はプカプカドンドンと演奏しながら都島の町を行進した

青空保育園開設から半年足らずで園舎と園庭を持った正子の「北都学園」。300坪程の園庭にはジャングルジムと滑り台が1つになった大きな遊具も。ジャングルジムの上で笑顔の正子

昭和6年8月に完成した園舎。幼稚園の認可申請を行い「私立都島幼稚園」と改称

昭和７年「私立都島幼稚園」第１回目の修了式。北都学園の記章を染めた幕の前でお揃いのセーラー帽を被って

戦時保育となっても正子は子どもたちの音楽隊を続け、子どもオーケストラとしてＮＨＫラジオにも出演した

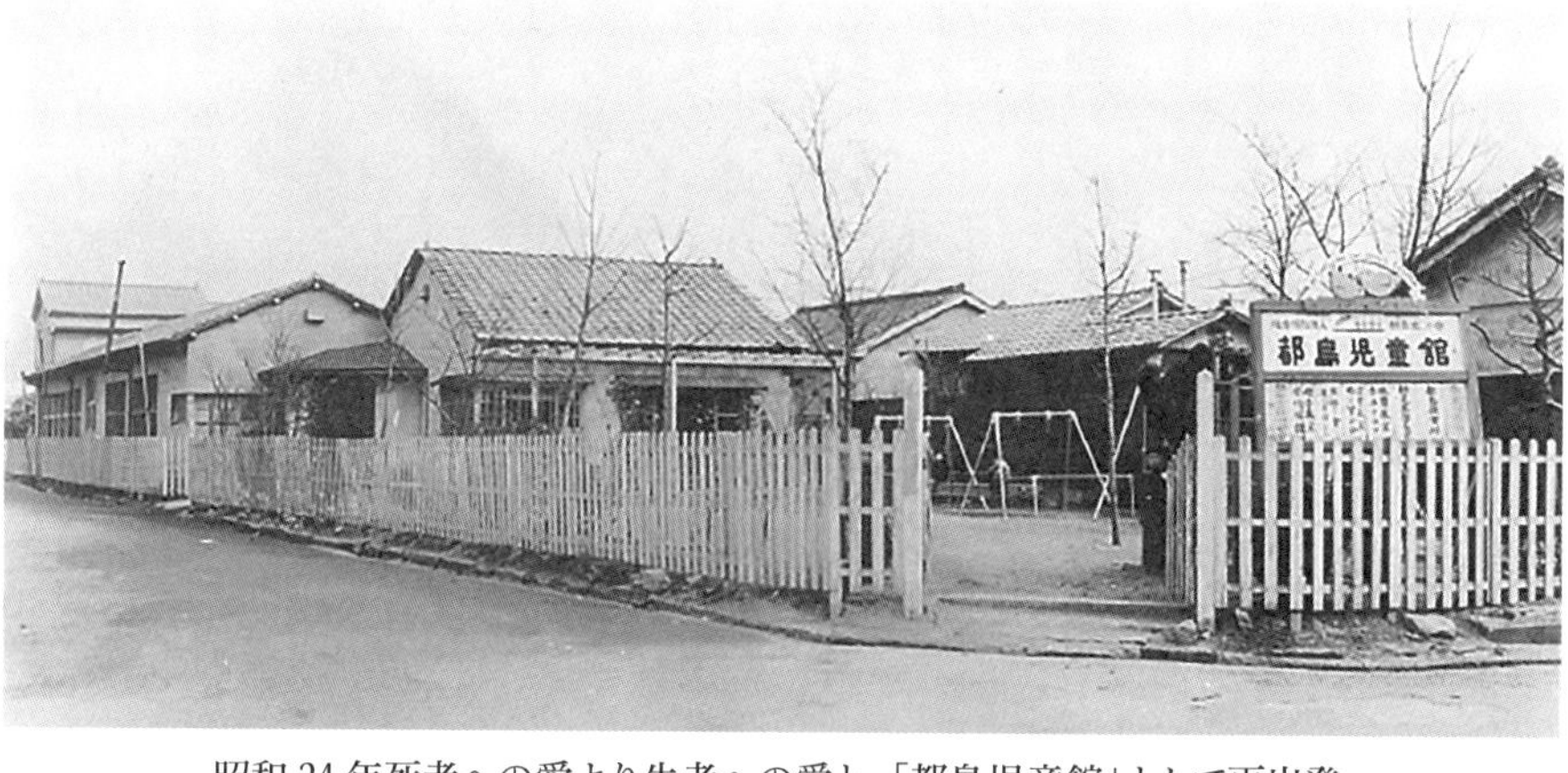


昭和24年死者への愛より生者への愛と、「都島児童館」として再出発

セーラーカラーの制服を着た
園児たちに囲まれて

都島乳児保育センターでの0才児保育。
厚生省の実験的開拓事業に指定された

子どもたちを見守る像。長女・牧子と長男・健への思いを込めて

■比嘉正子と比嘉賀盛

経営する都島幼稚園の園庭で子どもたちと。正子の膝の上に座るのが長男・健、右が長女・牧子、左が次女・ルイズ。次女は多忙な正子を見かねた知人の養女に、その後、長女と長男は夭逝。戦時下、助けを求める母親たちに応えることを第一義にした正子だった

夫・賀盛の髪を切る正子。神学校時代に出会い、スポーツや音楽などの趣味、そして社会に関する勉学への関心と、共通するところが多かった

正子は、その場に溶け込み、楽しむ人だった。歌う人がいれば共に歌い、踊る人がいれば共に踊る。飾らない天真爛漫な正子の周りには、いつも自然と人が集まり、輪ができた

夫婦で旅行　白浜千畳敷

夫・賀盛と並んでの勲三等瑞宝章受章の記念ポートレート。「世の中から貧困と不平等を可能な限り無くしたい」と願い奔走する正子の生涯は、夫・賀盛の大きな理解に支えられていた

# 主婦の商品学校テーマ一覧

明るい家庭を作るためには「主婦が良い品物を見分けて、上手な買い物をすることが不可欠であり、それには豊富で正しい商品知識が必要である」と考えた関西主婦連合会は、大阪府商工部、通産省、工業技術院、府工業協会の代表らと共に、『主婦の商品学校』と題した展覧会を開催した。

記念すべき第一回のテーマは「上手な買物」展とし、大阪市心斎橋の大丸百貨店で開催。大成功を収めた。

回を重ねるごとに内容も充実、そのテーマも生活から環境、政治・経済と多岐にわたり、まさに現在のビジネスフェアの先駆けであった。

第1回　1954年「上手な買物」展　大丸心斎橋店
第2回　1955年「品質見分け方」展　大丸心斎橋店
第3回　1956年「優良商品の上手な使い方」展　大丸心斎橋店
第4回　1957年「あなたは損をしていませんか」展　大丸心斎橋店
1958年　中止
第5回　1959年「26587円※の生活技術」展　そごう心斎橋本店
※35歳サラリーマンの平均賃金
第6回　1960年「お金と物を2倍に使う暮らし」展　そごう心斎橋本店
第7回　1961年「インスタント時代と主婦の主張」展　そごう心斎橋本店
第8回　1962年「貿易自由化と国際品普及」展　そごう心斎橋本店
第9回　1963年「主婦が選んだ商品」展　大阪タカシマヤ
第10回　1964年「消費者運動20年記念」展　大阪タカシマヤ／大丸京都店／そごう神戸店
第11回　1965年「明るい社会の開発」展　阪急梅田本店／大丸京都店
第12回　1966年「万国を結ぶ生活用品」展　阪神梅田本店／大丸京都店／そごう神戸店
第13回　1967年「くらしとカラー」展　近鉄本店
第14回　1968年「マイホーム」展　近鉄本店

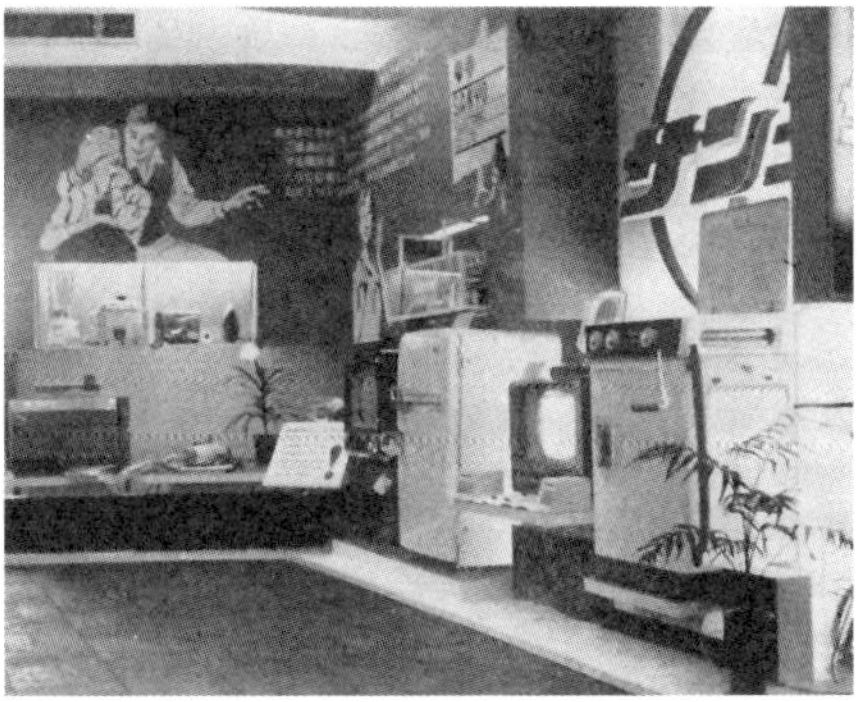
電化の夢を楽しませる「サンヨー」の電気器具に人々の瞳が集まっていました

東洋レーヨンの新しい製品がくっきりと映え、見る人をして人気を集めていました

第15回　1969年「お買物知識」展　近鉄本店
第16回　1970年「資本の自由化と消費生活」展　阪神梅田本店
第17回　1971年「石油と生活」展　近鉄本店
第18回　1972年「レジャーと暮らし」展　大阪タカシマヤ
第19回　1973年「私達が望む社会福祉」展　大丸心斎橋店
第20回　1974年「くらしとエネルギー」展　阪急梅田本店／日本橋三越本店
第21回　1975年「主婦とくらし・30年のあゆみ」展　大丸心斎橋店
1976年「主婦の商品学校20周年誌」発行
第22回　1977年「つくるマナー・使うマナー　考える生活」展　大丸心斎橋店
第23回　1978年「私達の近畿ビジョン」展　大丸心斎橋店
第24回　1979年「はばたけ・愛のこども」展　大丸心斎橋店
第25回　1981年「楽しいやりくり」展　阪神梅田本店
第26回　1982年「人とくらしの環境」展　ダイエー京橋店
第27回　1983年「くらしと行革」展　ダイエー京橋店／京都ファミリー
第28回　1984年「私達のくらしと子供の教育」展　ダイエー京橋店
第29回　1986年「見つめようワールド・マーケット」展　ダイエー京橋店

目や耳やからだが不自由でも頑張っています。大阪市の施設での子どもたちの様子が紹介されました

参加型の催しとして設けられたおたのしみコーナー

第9回主婦の商品学校
主婦が
選んだ商品展

第5回 主婦の商品学校
26.587円
の生活技術
●JIS制定10周年記念
●関西主婦連合会10周年記念

第24回 主婦の商品学校
国際児童年記念
国際児童年1979
はばたけ！愛のこども展
FRIENDS
関西主婦連合会
昭和54年11月22日(木)→27日(火) 大阪・心斎橋大丸

●私たちが望む●
社会福祉展
第19回 主婦の商品学校
昭和48年10月19日(金)→24日(水)

# 比嘉正子について＜年譜＞

比嘉正子は、日本の保育のパイオニアであり、日本の消費者運動の生みの親である。
本名 比嘉周子、正子は本人が選んだ公称。

| | |
|---|---|
| 1905（明治38）年 | **3月5日　沖縄県首里市金城町に渡嘉敷宗重の四女として生まれる／生家の渡嘉敷家は琉球王府に泡盛を納める士族であった**／日露講和条約調印（日露戦争1904〜'05）／夏目漱石『吾輩は猫である』を発表 |
| 1907（明治40）年 | 日露戦争後の恐慌が始まる／大阪で最初の映画常設館『千日前電気館』誕生 |
| 1908（明治41）年 | ブラジルへの最初の移民が笠戸丸で出航 |
| 1909（明治42）年 | 日本で初めての孤児院を開設した石井十次により『愛染橋保育所』開設（大阪市）／国内の電話の普及台数が11万2977台に |
| 1912（明治45〜大正元）年 | 大阪・新世界に通天閣完成 |
| 1914（大正3）年 | 第一次世界大戦（〜'18） |

| | |
|---|---|
| 1918（大正7）年 | 大阪市が方面委員制度（後に民生委員制度となり日本国内に広がる）創設／米騒動が起こる |
| 1919（大正8）年 | 大阪市が日本初の公立施設となる市営託児所、市立児童相談所を開設／大阪市の煙突数1974本 煤煙都市と呼ばれる |
| 1920（大正9）年 | 第1回国勢調査実施 人口5596万3053人 |
| 1921（大正10）年 | **首里市立女子工芸学校卒業／沖縄県宮古郡西原小学校の代用教員に**／日本初の公立セツルメント『大阪市立市民館』（大正15 市立北市民館に改称）開設 |
| 1922（大正11）年 | 健康保険法公布 |
| 1923（大正12）年 | **大阪市淀川区十三元今里のバプテスト女子神学校（ミード神学校）入学**／関東大震災／菊池寛『文藝春秋』創刊 |
| 1925（大正14）年 | ラジオのニュース放送が始まる |
| 1926（大正15）年 | **バプテスト女子神学校修了／大阪市立北市民館保育組合の保母に／日本の都市福祉の先駆者であり 正子の社会事業の師となる大阪市立北市民館館長志賀志那人氏との出会い**／無線電信開始（東京～大阪） |
| 1927（昭和2）年 | **比嘉賀盛と結婚**／東京・上野～浅草に日本初の地下鉄開通 |

| | |
|---|---|
| １９２８（昭和３）年 | **第一子出産により大阪市立北市民館保育組合を退職**／ディズニー映画『蒸気船ウィリー』でミッキーマウス初登場（米） |
| １９２９（昭和４）年 | 救護法公布（'32施行） |
| １９３１（昭和６）年 | **３月　志賀志那人氏の指示により大阪市の都島で公園を利用しての「青空保育園」を開設 名称を『北都学園』とする／８月 名誉園長山野平一氏から提供を受けて園舎と園庭を持つ**／満州事変／東北の凶作で娘の身売りが問題に／大阪城天守閣再建／中央卸市場開場（現在の大阪市福島区） |
| １９３２（昭和７）年 | **「北都学園」から「私立都島幼稚園」に改称**／大阪府へ幼稚園令による設立認可申請を提出 認可を受ける（１９３４年６月８日付）／欠食児童の増大で文部省が学校給食を訓令／大阪市が15区制に |
| １９３３（昭和８）年 | 大阪の梅田～心斎橋に地下鉄開通 |
| １９３４（昭和９）年 | 室戸大風／内務省が身売り防止策を通達 |
| １９３５（昭和10）年 | ＮＨＫが国際放送開始 |
| １９３７（昭和12）年 | 日中戦争が全面化／母子保護法公布／御堂筋が完成 |
| １９３８（昭和13）年 | 厚生省設置／社会事業法、国民健康保険法公布／大阪市内初の保育所が開設（阿倍野） |

| | |
|---|---|
| １９３９（昭和14）年 | 電話加入者１００万人を越える |
| １９４０（昭和15）年 | 大阪市人口３２５万２３４０人に（第５回国勢調査）／ラジオ受信契約５００万台突破／東京オリンピックとりやめ／「ぜいたくは敵だ」と立て看板／国民服制定 |
| １９４１（昭和16）年 | 太平洋戦争勃発（第二次世界大戦）／全国映画館でニュース映画の強制上映 |
| １９４２（昭和17）年 | 東京に初の空襲警報発令 |
| １９４３（昭和18）年 | 都島区発足／大阪市で集団疎開開始／サン・テグジュペリ『星の王子さま』発表（仏） |
| １９４４（昭和19）年 | 学童の集団疎開を決定 |
| １９４５（昭和20）年 | **戦況逼迫による大阪府知事からの幼稚園閉鎖命令を受け都島幼稚園も閉園／3月17日戦前最後の修了式を挙行 これまでに1286名の修了児を数える／3月 東大阪市の鴻池新田西村に農家を借りて疎開／9月 配給米の遅配欠配の改善を求めて布施（現 東大阪市）の米穀配給公団事務所へ「米よこせ」の風呂敷デモ決行／10月9日「鴻池主婦の会」結成／大阪市西区のGHQオフィスに乗り込み「お米をください、子どもたちの生命を守ってください」と陳情／食糧危機突破のために「主婦の店」開設**／大阪大空襲（被災戸数13万６１０７戸 被災者数50万１５７８人と推定）／大阪市人口１０７万人に激減／太平洋戦争終結 |

| | |
|---|---|
| 1946（昭和21）年 | 「主婦の店」を「消費生活協同組合 主婦の店」に改組 公定価格での仕入れへの道筋をつける／「日本主婦の会」結成に参加 初代常任理事の一人となる／日本国憲法公布（翌年5月3日施行）／漫画家・手塚治虫デビュー作4コマ漫画『マアチャンの日記帳』新聞連載が始まる |
| 1947（昭和22）年 | 物価庁大阪事務所からの要請で「闇値切り崩し消費者連盟」結成に動く（GHQの物価安定政策に基づく組織結成であったが自主性尊重を条件に引き受ける）／正子が提唱する大同団結の考えのもと多様な組織の共同による「闇値切り崩し運動」が始動／闇業者により価格が高騰する牛肉の廉価売り出しを実行／児童福祉法公布／大阪市民生局設置／ベビーブームスタート |
| 1948（昭和23）年 | 「大阪主婦の会」を結成／早春「闇値切り崩し消費者連盟」の実質的解散 大阪主婦の会が闇値切り崩し運動の推進母体となり婦人運動として展開していく／8月 牛肉の公定価格販売を求めて 日本で初めての不買運動を実行／不買運動により価格引き下げが実現した牛肉の公定価格を政府が引き上げ比嘉正子上京し物価庁さらにGHQ軍政部経済局に抗議／GHQの要請で東京の婦人団体に「不買運動」についての講演を行い東京の消費者運動を刺激する／厚生省に「児童局」を設置 |

| | |
|---|---|
| 1949（昭和24）年 | **砂糖の主食代替配給反対運動展開 砂糖を米の代わりとして配給するのをやめるようGHQに直談判／大阪府から休園中の保育施設への復旧令が出る 都島幼稚園の再開を望む地域からの声に応えて保育事業への復帰を決心 婦人運動（消費者運動）から離れる決意／11月 都島児童館完成／主婦の会の仲間たちから広域での連携組織化への助力を求められ「関西主婦連合会」の外部顧問となる**／GHQが1ドル360円の単一為替レートを設定／身体障害者福祉法公布／大阪市立児童館設置／三島由紀夫『仮面の告白』発表 |
| 1950（昭和25）年 | **「関西主婦連合会」の2代目会長に選出される／GHQの指示により電力事業再編成 電力事業永続のための大幅値上げを発表 これに対して電力値上げ反対運動を行い関西電力取締役たちと会談／都島児童館の中で保育開始／都島友の会が財団法人第一号として大阪府知事より許可を受ける**／朝鮮戦争勃発特需景気（～'53）／生活保護法が全面改正公布（福祉三法体制の確立）／池田勇人蔵相「貧乏人は麦を食え」発言／漫画家 C・シュルツ『スヌーピー』新聞連載スタート（米） |
| 1951（昭和26）年 | **GHQ占領下での「原爆展」開催 GHQにも招待の入場券を送る／吉田茂首相が米の統制を撤廃し自由化すると発表 関西主婦連合会は米統制撤廃反対運動を展開 GHQに陳情 米統制撤廃を阻止／都島診療所開設**／サンフランシスコ講和条約締結／社会福祉事業法公布／児童憲章制定／歳末助け合い募金が開始／大岡昇平の戦争体験に基づく小説『野火』刊行 |

| | |
|---|---|
| 1952（昭和27）年 | **社会福祉法人都島友の会へ改組**／日本電信電話公社発足／白井義男が日本人初のボクシング世界チャンピオンに |
| 1953（昭和28）年 | **幼児生活クラブ（0歳から5歳までの保育と幼児教育を行う）を発足させる**／大相撲のテレビ中継開始／プロ野球ナイターを初中継 |
| 1954（昭和29）年 | **大阪通産省産業局と大阪府工業協会からの要請に応じJIS規格普及運動を行う／舶来品人気に国産品愛用運動を展開「主婦の商品学校 上手な買物」展を開催 好評を得た主婦の商品学校は〝賢い主婦になる〟を合い言葉に例年開催となる**／黒澤明監督『七人の侍』上映 |
| 1955（昭和30）年 | **遊廓の女性たちからの歎願に応えてカゴの鳥救出を実行**／高度経済成長始まる（～'73） |
| 1956（昭和31）年 | **全国的に牛乳値下げ運動が起こる中 生産者と消費者双方を守る現実的な価格設定を提唱し業界と交渉 値下げ要求一辺倒の消費者運動から脱却する**／日本が国際連合に加盟／経済白書で「もはや戦後ではない」／大阪市が政令指定都市に |
| 1957（昭和32）年 | 女性の社会進出が加速／初の女性週刊誌『週刊女性』創刊 |
| 1958（昭和33）年 | 国民健康保険法（新法）公布／NHK 全国テレビ網完成／「主婦の店 ダイエー」開店 |

| | |
|---|---|
| 1959（昭和34）年 | **福岡県田川市の炭鉱離職者の生活立て直しに奔走／関西主婦連合会「主婦牛乳」をプロデュース　流通改善により値上げを抑制**／三井三池鉱業で大量指名解雇通知／電話加入300万台を突破／メートル法実施／少年コミック誌『少年マガジン』『少年サンデー』創刊 |
| 1960（昭和35）年 | **厚生省実験的開拓事業として0歳児を受け入れる都島乳児所を開設する** |
| 1961（昭和36）年 | **沖縄復帰を夢見て米高等弁務官と会談／都島保育所で小児麻痺の子どもを受け入れる（障害児保育の草分け）**／国民皆年金、皆保険制度が発足／小児麻痺が大流行（生ワクチンの使用開始）／児童扶養手当公布／有人宇宙船ボストーク1号地球周回成功　ガガーリン帰還第一声「地球は青かった」 |
| 1962（昭和37）年 | 大阪府（豊中市・吹田市）で日本初のニュータウン　千里ニュータウンが街びらき／ビートルズ『ラブ・ミー・ドゥ』でデビュー |
| 1963（昭和38）年 | **都島病院の認可復活　診療再開**／老人福祉法公布／大阪市西成区に市内初の老人福祉センター開設／日本初の原子力発電に成功／少女コミック誌『少女フレンド』『マーガレット』 |
| 1964（昭和39）年 | 母子福祉法公布／東京オリンピック開催／新幹線（東京～新大阪間）開通 |
| 1965（昭和40）年 | 国鉄　電子システムによる自動発券機「みどりの窓口」開設 |

| | |
|---|---|
| 1966（昭和41）年 | **政府の諮問機関「物価問題懇談会」（翌年「物価安定推進会議」）の委員に任命される／物価に対する消費者運動の三本柱を立てる ⑴政府の政策を促進させるもの ⑵業界の合理化やモラルに訴えるもの ⑶消費者自ら可能にするもの／都島乳児保育センターを開設する／賃貸住宅あやなす荘開設（保育所と集合住宅を合わせた施設）**／テレビ・洗濯機・冷蔵庫が「三種の神器」と呼ばれる／郊外に広大な団地開発が進む／松下電器 年功序列から職種別賃金制度採用へ／『ウルトラマン』TV放送開始 |
| 1967（昭和42）年 | **畜産事業団経由で農林省から関西主婦連合会に放出された輸入牛肉の安売りを実施 3日間で32トンを売り切り輸入牛肉普及への手応えを感じる**／資本の自由化／「リカちゃん人形」発売／赤塚不二夫『天才バカボン』連載開始／レトルトカレー発売 |
| 1968（昭和43）年 | 国民総生産（GNP）が世界第2位となる／郵便番号制度開始 |
| 1969（昭和44）年 | **3月と11月 輸入牛肉を国産牛の半値で売り出し 関西主婦連合会の輸入牛肉安売りの人気を定着させる／大阪万国博覧会'70の「名称愛称をつける委員会」委員に選ばれる／「関西主婦会館」完成／都島病院を建替える ベッド数100床**／厚生省児童家庭局長が「保育所における乳児保育対策の強化」を通達／政府初の『公害白書』発表 |

| | |
|---|---|
| 1970（昭和45）年 | **大阪万国博覧会'70の「万国博衛生安全委員会」「万国博跡地利用問題懇談会」委員に選ばれる／関西主婦連合会が万国博会場の一般食堂の実体調査を実施／「米価審議委員」で生産者価格と消費者価格のバランス是正を提唱　紛糾勃発**／ソニーＮＹ証券に日本初の上場 |
| 1971（昭和46）年 | **オーストラリアの政府機関　オーストラリア・ミート・ボードからオーストラリア牛肉普及への謝意として招待される／業界の独占を破り関西主婦連合会が農林省からの輸入牛肉放出枠を獲得／関西主婦連合会として　有名無実の制度・米統制令撤廃への賛成声明を出し農政改革を要望／水を守る運動を展開／大阪・神戸米国総領事館副領事マーサ・デウイット氏が婦人運動家比嘉正子との日本の消費者運動についての会談を希望し来訪／全米婦人リーダー　ドナルド・Ｅ・クルーセン氏と公害問題などについて懇談会を主催／在沖縄の米国高等弁務官ランパート夫人から夕食会に招かれ歓談する**／ＮＨＫ総合　全カラー化／カップヌードル発売 |
| 1972（昭和47）年 | **アメリカの婦人教育の指導者ドロシー・ロビンズマウリ氏が来訪　正子と会談／都島児童センター新築完成（児童館　保育所　身体障がい児療育園　学童保育室　こども劇場（地域に開いた広場）などを合わせた多機能施設）**／大阪市が障害児保育の助成制度を始める／日中国交回復／日本列島改造論／沖縄が本土復帰 |
| 1973（昭和48）年 | **都島病院を閉鎖　改築して都島第二乳児保育センターを開設**／70歳以上の老人医療費の無料化（昭和49年に65歳に引き下げ）／石油ショック（狂乱物価、異常インフレ起こる） |

| | |
|---|---|
| 1974（昭和49）年 | **沖縄県那覇市首里金城町に渡保育園を開設**／大阪市営地下鉄谷町線 都島～東梅田開通／分区により大阪市は26区に／ユリ・ゲラーのスプーン曲げなど超能力ブーム |
| 1975（昭和50）年 | 原宿に竹の子族が出現／大学受験戦争が激化 私塾時代に |
| 1976（昭和51）年 | **大阪市から都島東保育園および障がい児通所施設である都島こども園の運営を受託する**／ロッキード事件 |
| 1979（昭和54）年 | **消費生活向上への貢献に対して勲三等瑞宝章受賞**／ユネスコ（国際連合教育科学文化機関）が国際児童年を宣言 |
| 1980（昭和55）年 | **「行政サービス改革運動推進懇談会」に参加 行革推進運動始動**／ノーマライゼーションという理念が世界で叫ばれ始める／イラン・イラクが全面戦争に突入／漫才ブーム |
| 1981（昭和56）年 | 国際連合が国際障害者年を宣言／第2次臨時行政調査会（土光敏夫会長）発足 第2次行政改革／日本電信電話公社によりファクシミリ通信網 Fネット開始 |
| 1982（昭和57）年 | **沖縄県那覇市古島に松島保育園を開設する**／老人保健法公布／CDプレイヤー発売／カード式公衆電話登場 |

| | |
|---|---|
| 1983（昭和58）年 | **都島友渕保育園を開設**／平均寿命が男女とも世界一となる（男性74・20歳 女性79・78歳）／家庭用ゲーム機 ファミリーコンピューター登場 |
| 1985（昭和60）年 | 男女雇用機会均等法が成立 |
| 1987（昭和62）年 | 日本国有鉄道が分割民営化／日本電信電話公社・日本専売公社などの民営化が進められる |
| 1988（昭和63）年 | 梅竿忠雄『情報の文明学』刊行 |
| 1989（平成元）年 | 消費税導入（3％）／合計特殊出生率（一人の女性が一生の間に生むとしたときの子どもの数にあたる）が1・57となり、1・57ショックと呼ばれる／大阪市が市制施行（明治22年）以来100周年を迎える |
| 1990（平成2）年 | 社会福祉関係八法が改正され社会福祉基礎構造改革が進む（少子高齢化の新たな進展 21世紀型の新たな社会福祉の構築を図る）／大阪・鶴見緑地で国際花と緑の博覧会開催 |
| 1991（平成3）年 | **都島桜宮保育園を開設**／情報家電時代へ（各メーカー ワープロ、FAX、携帯端末などの開発にシフト） |
| 1992（平成4）年 | **11月12日　比嘉正子逝去（88歳）**／地球サミット（環境と開発に関する国際会議）開催（リオ） |

# 比嘉正子について＜委員関係の記録＞

| | |
|---|---|
| 自 昭和40年 至 昭和41年 | 国民生活審議会臨時委員（経済企画庁） |
| 自 昭和41年 至 昭和42年 | 物価問題懇談会委員（経済企画庁） |
| 自 昭和42年 至 昭和43年 | 物価安定推進会議委員（内閣総理大臣） |
| 自 昭和44年 至 平成４年 | 大阪市公営企業審議会委員 |
| 自 昭和44年 至 昭和53年 | 日本工業標準調査会委員（工業技術院長） |

| | |
|---|---|
| 自 昭和44年 至 昭和45年 | 万国博名称愛称をつける委員会／万国博衛生安全委員会／万国博跡地利用問題懇談会 各委員（大阪万博'70） |
| 自 昭和44年 至 昭和46年 | 米価審議会委員（農林大臣） |
| 自 昭和45年 至 平成４年 | 農林物資規格調査会専門委員（農林大臣） |
| 自 昭和45年 至 平成４年 | 大阪地方陸上交通審議会委員（運輸省） |
| 自 昭和45年 至 平成４年 | 近畿地方ガス事業調整協議会委員（大阪通商産業局） |

| | |
|---|---|
| 自 昭和46年<br>至 昭和50年 | 生鮮食料品価格安定対策委員<br>（農林省）<br>物価安定政策会議委員<br>（内閣総理大臣） |
| 自 昭和46年<br>至 昭和47年 | 大阪府消費者保護審議会委員<br>（大阪府） |
| 自 昭和47年<br>至 平成4年 | 電気事業審議会委員<br>（通商産業大臣） |
| 自 昭和48年<br>至 平成4年 | 計量行政審議会委員<br>（通商産業大臣） |
| 自 昭和48年<br>至 平成4年 | 大阪府水道事業懇談会委員<br>（大阪府） |
| 自 昭和56年<br>至 昭和58年 | 第二次臨時行政調査会委員<br>（総理府） |

| | |
|---|---|
| 自 昭和61年<br>至 平成4年 | ㈶大阪タクシー近代化センター適正化事業諮問委員 |
| 自 昭和61年<br>至 平成4年 | ㈶大阪住宅センター 理事 |
| 自 昭和61年<br>至 平成4年 | 日本石油燃焼機器保守協会 理事 |
| 自 昭和61年<br>至 平成4年 | ㈳社会経済国民会議 理事 |
| 自 昭和61年<br>至 平成4年 | ㈶消費者教育支援センター 理事 |
| 自 平成3年<br>至 平成4年 | 世界の中の日米関係を考える会委員 |

## 比嘉正子について〈褒賞などの記録〉

1955（昭和30）年11月　大阪市長表彰—婦人活動の功労
1958（昭和33）年3月　大阪府知事表彰—内職斡旋の功労
1969（昭和44）年5月　大阪府知事表彰—社会福祉の功労
1969（昭和44）年10月　通商産業大臣表彰—日本工業標準化功労
1975（昭和50）年11月　厚生大臣表彰—社会福祉功労
1975（昭和50）年11月　大阪市民表彰—社会教育功労
1981（昭和56）年4月　叙勲 勲三等瑞宝章—消費生活向上の功労

日本国天皇は 比嘉周子を
勲三等に叙し瑞宝章を授与する
昭和五十四年四月二十九日皇居において
璽をおさせる
昭和五十四年四月二十九日
内閣総理大臣 大平正芳
総理府賞勲局長 川村皓章

叙勲 勲三等瑞宝章

# 社会福祉法人 都島友の会について

　1931（昭和6）年3月、創設者比嘉正子が大阪市（現）都島区に、公園を園舎とする青空幼稚園『北都学園』を開設。託児所と幼稚園を合わせた福祉的幼稚園という概念のもと0歳児から就学前の子どもたちを受け入れる。同年8月、300坪の土地に園舎と園庭を構え、1932（昭和7）年1月、『私立都島幼稚園』と改称。第二次世界大戦中も戦時保育園として地域のニーズに応え続ける。1945（昭和20）年3月、幼稚園閉鎖令により閉園。

　1949（昭和24）年、都島の人々の要望に応えて復活。法人名を『都島友の会』、都島幼稚園を『都島児童館』という名に改め再開する。『保育所と幼稚園を合わせた福祉的幼稚園をベースに、0歳児保育、学童保育、教育クラブ、障がい児保育など、地域社会の変化に先んじて必要な保育サービスを展開していく。なかでも0歳児保育は、行政による制度化に向けてのモデル事業に指定されるなど、常に日本の保育事業を牽引しつづける。2015（平成27）年4月に施行の子ども・子育て支援新制度、幼保連携型認定こども園は、『都島友の会』の原点であると、0歳から就学前の子どもたちを受け入れてきた5施設を幼保連携型認定こども園に移行させる。

　1931（昭和6）年3月「北都学園」創設と同時に比嘉正子は『母の会』を作り、保育を軸にした地域社会づくりを行ってきた。現在は『保護者会』と改名、子どもを真ん中にした地域コミュニティとして発展を続けている。１９８３年（昭和58）年、都島区友渕地域の町づくり計画において保育施設の建設および運営の要請を受理。１９９１年（平成３）年、同じく都島区中野地域の都市再開発計画において保育施設の建設および運営の要請を受理。都島区の街づくりに寄与している。

２０２２（令和４）年６月、三代目理事長渡久地歌子が、保育施設の運営と保育を軸にした地域社会への貢献に対して「瑞宝双光章」を受賞。

幼保連携型認定こども園・保育園・児童館・児童発達支援センター・児童デイサービス・老人福祉施設、その他事業で、大阪市都島区と沖縄県に18施設を運営。

URL : http://miyakojima.or.jp/

## ■参考文献・資料・ウェブサイト

### 〈文献・資料〉

◆『女の闘い―死者よりも生者への愛を求めて―』
比嘉正子著／日本実業出版社発行

◆『奥様部隊奮戦記 第1巻』
比嘉正子著／関西主婦連合発行

◆『奥様部隊奮戦記　第2巻』
比嘉正子著／関西主婦連合発行

◆『女声　書きも書いたり100万字』
比嘉正子著／関西主婦連合発行

◆『私の伝記 ～連載手記～』
比嘉正子／掲載紙、掲載年月日不明

◆『比嘉正子 草稿集』
比嘉正子直筆遺稿集

◆『私の自叙伝 比嘉正子 ～米よこせデモのころ～』
NHKTV番組講演採録DVD

◆『語りつぐ六〇年〈こどもの園〉』
（福）都島友の会六〇周年記念誌編集委員会編／
（福）都島友の会発行

◆『かたりつぐ七〇年』
（福）都島友の会発行

◆『語りつぐ八〇年 つなぎ、つないで。』
（福）都島友の会発行

◆『つなぎ、つないで90年 社会福祉法人都島友の会90年史』
（福）都島友の会90年史編集委員会編／
（福）都島友の会発行

◆『社会福祉法人 都島友の会創設者 比嘉正子先生の生涯史』
渡久地歌子編著／（福）都島友の会発行

◆『沖縄の歴史 大阪市立博物館展覧会図録』
大阪市立博物館・朝日新聞社編集発行

◆『沖縄アーカイブス写真集
紡がれてきた美しき文化とやさしい人々の記録』
関行弘・嘉手川学編／（株）生活情報センター発行

◆『泡盛の文化誌　沖縄の酒をめぐる歴史と民族』
萩尾俊章著／㈲ボーダーインク発行

◆『バプテストの大阪区伝道 1880～1940年』
大島良雄著／ダビデ社発行

◆『都市福祉のパイオニア 志賀志那人 思想と実践』
志賀志那人研究会 代表右田紀久恵編／和泉書院発行

◆『善隣幼稚園創立100周年（1908～2008）
記念誌　輝く光の子どもたち』
（学）善隣幼稚園創立100年記念誌編集委員会編／
（学）善隣幼稚園創立100年記念事業実行委員会発行

◆『那覇バプテスト教会宣教百周年史』
那覇バプテスト教会宣教百周年史編集委員会編集／
那覇バプテスト教会発行

◆『日本の消費者運動』
日本放送出版協会編・発行

◆『増補 情報の歴史』
松岡正剛監修／NTT出版株式会社発行

〈**ウェブサイト**〉

◆『コトバンク』
https://kotobank.jp/

◆『国立公文書館』
https://www.archives.go.jp/

◆『国立公文書館アジア歴史資料センター』
https://www.jacar.go.jp/

◆『国立公文書館アジア歴史資料センター・アジ歴グロッサリー』　https://www.jacar.go.jp/glossary/

◆『宮内庁 書陵部所蔵資料 図書寮文庫』
https://shoryobu.kunaicho.go.jp/Toshoryo/

◆『外務省 外交資料館』
https://www.mofa.go.jp/mofaj/annai/honsho/shiryo/index.html

◆『厚生労働省 図書館』
https://www.mhlw.go.jp/library

◆『国土交通省 気象庁』
https://www.data.jma.go.jp/obd/stats/etrn/index

◆『首相官邸』
https://www.kantei.go.jp/jp/rekidainaikaku/index.html

◆『レファレンス協同データベース（国会図書館）』
https://crd.ndl.go.jp/reference/

◆『沖縄公文書館』
https://www.archives.pref.okinawa.jp/

◆「データベース　世界と日本」
https://worldjpn.net/

◆「経済産業省　資源エネルギー庁〈日本のエネルギー150年の歴史③〉」
https://www.enecho.meti.go.jp/about/special/johcteikyo/history3shouwa.html

◆「福岡県田川市〈炭都田川の隆盛〉」
https://www.joho.tagawa.fukuoka.jp/kiji00351/index.html

◆『国史跡・重要文化財 鴻池新田会所』
https://konoikeshindenkaisho.jp/

◆『占領期における大阪の接収不動産についての調査・松本裕行（大阪市立大学）』
https://www.lit.osaka-cu.ac.jp/geo/（大阪公立大学地理学教室）

◆『戦時体制下の食糧政策と統制・管理の課題・並松信久（京都産業大学論集・社会科学系列第35号）』
https://ksu.repo.nii.ac.jp/
（京都産業大学学術リポジトリ）

◆『明治から昭和28年までの酒税の推移について（宮下酒造株式会社）』
https://www.msb.co.jp/topics/290/

◆「一般社団法人　日本乳業協会」
https://www.nyukyou.jp/effort/council/20190116_2.html

◆「一般社団法人　岡山畜産協会」
http://okayama.lin.gr.jp/index.htm

◆「手塚治虫記念館」
https://tezukaosamu.net/jp/museum/

□著者プロフィール


## 井上昌子（いのうえ まさこ）

大阪生まれ。企画編集執筆。大学、博物館、図書館などのアーカイブスを紙媒体やデジタルデバイスのコンテンツとして展開するプロジェクトに携わってきた。企業のブランディングのためのコンテンツ企画制作も手がける。



**比嘉正子《ひがまさこ》 GHQに勝《か》った愛《あい》**

| | |
|---|---|
| 発行日 | 2024年3月5日　初版第一刷発行 |
| 著者 | 井上　昌子 |
| 発行者 | 渡久地歌子<br>社会福祉法人 都島友の会 理事長 |
| 監修 | 寄瀬博光<br>社会福祉法人 都島友の会 常務理事・事務局長 |
| 発行所 | 社会福祉法人 都島友の会<br>〒534-0021<br>大阪市都島区都島本通3丁目4番3号<br>電　話 06(6921)0321 |
| 編集制作 | 産經新聞生活情報センター |
| 編集補助 | 三宅統二　片山 正 |
| 製作 | 産經新聞制作 |
| 発売 | 図書出版 浪速社<br>〒637-0006<br>奈良県五條市岡口1丁目9番58号<br>電　話 090(5643)8940　FAX 0747(23)0621 |
| 印刷・製本 | サンケイ総合印刷 |





ISBN978-4-88854-562-4